Caroline Tiné

TOMBER DU CIEL

Roman

PRESSES DE LA CITÉ

Cet ouvrage est publié sous la direction de Florence Sultan.

92, avenue de France – 75013 Paris

ISBN 978-2-258-19404-5
Dépôt légal : septembre 2020

Presses de la Cité | un département **place des éditeurs**

place des éditeurs

Pour Sébastien
Pour Julien

Pour Léa

On a beau fermer les livres (...), gravir des montagnes,
traverser les mers, franchir les frontières,
monter dans des avions, on ne sort pas de son rêve.

Pascal QUIGNARD, *Abîmes*

Prologue

Petite fille, je prenais l'avion toute seule pour aller chez mon père en vacances. Je priais pour que l'avion s'écrase. Pour ne pas avoir à choisir entre mes deux parents. Je savais qu'il n'y aurait pas de survivants. Que le choc est fatal. Qu'on n'a pas le temps de souffrir. J'avais une excuse pour disparaître. Je n'y étais pour rien. Ce n'était pas de ma faute.

Les préparatifs de mon voyage étaient toujours compliqués. Coups de fil interminables, soupirs, cris, chuchotements. J'aurais voulu être invisible. Ne pas exister. Ne pas être abritée derrière la pancarte autour du cou des enfants seuls, les UM[1]. J'étais prête à ce que la vie s'arrête. Je me sentais déjà vieille.

Le rêve de l'avion qui s'écrase est resté présent pendant toute mon enfance. La nuit et aussi le jour quand les pensées s'échappaient. Au début, je ne regardais jamais par le hublot. J'insistais pour avoir le siège côté couloir. Mais les enfants ont rarement le choix. Je restais

1. Unaccompanied Minor.

assise droite sur mon siège. Pas question de tourner la tête. J'entendais d'autres enfants vomir dans les sacs en papier. Je vivais un enfer intérieur. Puis la vie continuait.

Avec l'adolescence, le rêve a fait des progrès. Il est devenu plus doux, plus raisonnable. Je me suis entraînée pour survivre. A modifier ma conscience. A concentrer mon attention sur un point de plus en plus précis. Jusqu'à ce qu'il se transforme en une étoile qui danse. J'ai eu raison d'être patiente. La peur a changé d'intensité comme une voix qui aurait mué. En rêvant de terreur, je me suis vaccinée contre la terreur. Le risque de crash est resté là, en filigrane. Un repère. Un rêve d'enfant.

C'est ainsi que les voyages en avion ont pris une place très particulière dans ma tête, et que le rêve s'est imposé comme mon complice, mon double. Je suis émerveillée par la terre vue d'en haut. La mer qui bouge, sinueuse comme une hallucination. Les rivières qui se délavent dans l'océan. Les nuages qui s'empourprent ou menacent. Les forêts qui griffonnent un magma confus sur les plaines ou les montagnes. Désormais, quand je vole, je deviens avion. Et je déguste ce moment privilégié où le relief cède la place au rien. Etre si près du ciel m'a permis de comprendre qu'on ne peut pas tout comprendre. Que l'infini existe.

Je m'appelle Talitha. J'ai trente-trois ans. J'ai été hôtesse de l'air pendant dix ans. Voler est devenu ma seconde nature.

1. Talitha

Mes parents s'étaient rencontrés au concert de Woodstock aux Etats-Unis en 1969. C'étaient des hippies fantasques qui avaient vécu les années 60, la drogue, la vie en communauté. Ma mère était française, mon père américain. J'ai été conçue à New York, l'idylle fut brève, ma mère est rentrée à Paris avec moi. Mon père, qui était guitariste de rock, est resté aux Etats-Unis. Je prenais l'avion plusieurs fois par an pour le retrouver. Il était affectueux, semblait toujours content de me voir. Nous passions beaucoup de temps enfermés dans les grands bus des tournées. Pendant les concerts je restais *backstage*[1], près des baffles. J'étais la mascotte des musiciens. Tout le monde m'aimait, s'occupait de moi. On me confectionnait des lits de fortune dans les loges quand je tombais de sommeil. Je souriais comme un automate, une jolie petite fille qui s'adaptait à toutes les situations. Au fond de moi c'était une autre histoire. D'ici peu, je retournerais chez ma mère. Je prierais à nouveau pour

1. Derrière la scène.

que l'avion s'écrase. C'était mon cauchemar intime, mon secret.

Je n'avais d'autre choix que d'attendre que le temps passe. L'ennui apprend à penser. Pendant les concerts où les décibels me vrillaient les oreilles. Ou quand tout le monde fumait des joints. Grâce aux effluves de cannabis, ma pensée devenait lente et enfin je m'endormais. Je n'ai jamais oublié l'odeur âcre et intense de l'herbe ; quand je la respire aujourd'hui dans les rues de New York, d'où elle émane comme un fantôme – je ne comprends jamais d'où elle sort –, je repense à la douceur de l'enfance. Et mon cœur se serre.

Plus tard, des années plus tard, j'ai vraiment apprécié la musique de mon père. Mais pendant toutes les années qu'on appelle l'enfance j'ai fabriqué ma maison bancale. Celle de ni mon père ni ma mère. Ma mère me manquait quand j'étais chez mon père. J'avais l'habitude de passer beaucoup de temps dans les bras de ma mère. J'aimais cette sensation que nous étions perdues l'une dans l'autre. Si elle téléphonait alors que j'étais chez mon père, je refusais de lui parler. Je me mettais à hurler et même à me rouler par terre. Personne n'a jamais compris pourquoi, moi non plus d'ailleurs. J'étais comme un chat voyageur abandonné, qui tentait de se débrouiller en terre étrangère.

La certitude d'être différente a envahi tout l'espace dans ma tête. Il ne restait aucune case libre pour autre chose que mon rêve de crash. Je suis devenue solitaire. Je ne pouvais pas partager ces pensées avec des gens de mon âge, ni avec les autres. J'étais seule dans ma bulle. Ce rêve baroque m'a permis de trouver ma voie, plus tard, ou du moins une voie. Je suis devenue hôtesse de l'air, après avoir fait des études de lettres. Ce choix avait semblé étrange à mon entourage. Je savais ce que je faisais, j'avais mes raisons.

J'ai été hôtesse puis chef de cabine pendant dix ans. Grâce à quoi je bénéficie aujourd'hui encore, quand je voyage, de tarifs spéciaux. Je peux prendre quatre vols internationaux par an sans réserver à condition qu'il y ait des sièges disponibles. L'avion est devenu ma famille volante, un huis clos miniature, qui retourne le monde extérieur vers mon monde intérieur. J'y puise un moment de divagation. Je deviens une exploratrice de la vie que j'observe en face, en arrière, en avant. Les équations que je ne sais pas résoudre quand je suis à terre s'évanouissent au rythme de l'avion qui décolle, remisées dans un grenier tels des objets oubliés.

Qui n'a pas rêvé de s'élever dans les airs, regarder la terre comme un cliché panoramique, résumé à des formes essentielles et lointaines, se sentir ailleurs, étranger à soi-même ?

Dès que je m'envole, je me sens libre, grisée par l'aventure, la rencontre avec le bleu dur du ciel qui surgit après une épaisse couche de nuages, pas un bleu de conte de fées, un éclat soudain, un électrochoc. Les sensations extrêmes me bercent, allègent mon corps et ma tête. Avec le ciel je cesse de ruminer et je me consacre aux passagers. Ceux qui sont montés à bord fatigués, anxieux, de mauvaise humeur finissent par ronronner comme des chats. Ils recherchent la meilleure position sur leur fauteuil, s'étirent et bâillent, enlacent leur coussin, ou restent tendus parce que le ciel leur fait peur, dans tous les cas ils confient leur destin à une grosse machine qui prend leurs soucis en charge. Après le décollage, presque tous ont le front détendu, une amorce de sourire aux lèvres, l'envie de vivre une parenthèse. Il y aura peut-être des rencontres inattendues, des disputes ou des coups de foudre, des cadeaux du ciel.

Il m'est souvent arrivé d'embarquer au dernier moment pour une destination que je ne connaissais pas la veille. Et de faire le retour dans la foulée. Je suis indifférente au jetlag, parce que je vis au rythme des avions. J'ai fait du saut en parachute pour tester ma résistance. C'était une erreur, sauter dans le vide ne me convient pas. Je n'ai pas de désir pour ce genre de sensation forte. J'aime être à l'abri dans une carlingue. Là-haut, j'existe. Et je pense.

De tous les avions sur lesquels j'ai voyagé, l'Airbus A380 est mon préféré. Gros, lourd, pataud, presque démodé, un peu gauche dans ses manœuvres à cause de son poids et de l'envergure de ses grandes ailes. Mais il est rassurant comme un fauve domestiqué, qui dissimulerait sa force sous une élégante modestie acquise avec l'expérience. S'il pouvait parler, il s'exprimerait comme un vieux pilote tendre et bougon à qui on ne la fait pas, ou plus. Il est moins séduisant que le Boeing 777. Mais sa sobriété est son atout. Le design est minimaliste comme dans un loft de six cents mètres carrés teinté de gris. Je suis experte dans les qualités que j'attends d'un avion. Le confort de l'A380 est subtil. Rien ne se voit, tout se ressent. La discrétion des turbulences. Le grand espace pour les jambes. Les repose-tête qui prodiguent un agréable massage de la nuque. Et surtout le silence. Feutré, palpable. Murmure incongru chez un monstre de cette taille. Pour atténuer le bruit, on a agrandi les moteurs Rolls Royce et calé un piège à décibels entre chaque réacteur et son enveloppe extérieure : un cylindre, obtenu à partir de plusieurs couches de composite qui capturent une partie des sons avant de les étouffer. J'aime tous ces détails techniques chargés de vibrations poétiques.

Aujourd'hui, pendant les 10 578 kilomètres de ce vol Paris-Singapour qui durera entre douze et treize heures selon la vitesse des vents, je serai dans ma bulle. C'est un vol de nuit. Je vais écrire alors que les passagers dormiront. Puis j'irai dormir à l'hôtel après l'atterrissage. Et je reprendrai un vol de Singapour à Paris.

Je vis à l'envers et j'aime ça.

J'ai cessé d'être hôtesse il y a juste un an pour me mettre à écrire. Je travaille comme pigiste pour un magazine spécialisé dans les voyages, ce qui me permet de continuer à parcourir le globe. Mais j'écris aussi pour me sortir des poisons de la tête. Seulement en avion. La nuit dans le ciel me chuchote les mots effacés dans l'enfance. L'écriture me répare. Et l'odeur du feutre des fauteuils imprégnés de strates d'intimité et de vies inconnues me rapproche d'une humanité dont j'essaie de pénétrer les secrets.

Je suis assise sur le pont supérieur au premier rang de la partie qui s'appelle premium parce qu'elle est mieux qu'éco et moins bien que business. A la place 80K, côté couloir. C'est parfait pour poser mon ordinateur sur la tablette ou sur mes genoux, sans personne devant moi.

Nous sommes sur le point de décoller pour Singapour. Le soleil s'est couché sur l'aéroport Charles-de-Gaulle. Il ne fait pas encore nuit. Certains nuages sont teintés de rose. Des lumières scintillent par endroits. Je quitte le réel pour entrer dans un clair-obscur tamisé. Dans le monde des avions, les bruits de la vie sont atténués et les sensations ralenties. Une ado qui voyage seule est assise à ma droite près du hublot. Elle m'a été confiée par Cheryl, la chef de cabine qui fait aujourd'hui le travail dont j'étais chargée ces dernières années. Elle serre les dents. Elle regarde droit devant elle. Elle a les mains agrippées à son siège. Très belle, métisse au teint mat, aux cheveux noirs et bouclés, elle a un regard intense. Elle dit : je m'appelle Leïla, j'ai peur du ciel. Elle a une voix étonnamment grave. Elle a quinze ans, c'est écrit sur sa fiche UM.

J'hésite à lui laisser ma place côté couloir, je me souviens de ma terreur du hublot quand j'étais enfant. Mais pendant le vol j'aurai besoin d'être libre de mes mouvements. De marcher dans les allées. D'aller parfois au bar. Si elle est inquiète, je saurai la rassurer. J'ai l'habitude.

J'ai la tête bien calée dans mon fauteuil. Les yeux mi-clos, je me laisse aller à la torpeur qui précède les envols. Je savoure la préparation du décollage. Ce moment où l'avion va engager une lutte contre son poids, se préparer à fendre le vent pour faire voler le plus lourd que l'air. Il est massif comme un éléphant. Il occuperait un terrain de foot de quatre-vingts mètres de côté. Il bouge d'abord à reculons. Il est guidé par les petits hommes en jaune au sol. Il s'arrête, repart de l'avant, tourne à droite, puis à gauche pour rejoindre la piste. Je ferme les yeux. J'écoute vibrer en moi la puissance de cette incroyable horlogerie mécanique. Qui déplace plus de deux cent cinquante tonnes, sans compter le poids des passagers, avec élégance. Au son de la musique du moteur qui monte en gamme.

Je me penche vers ma voisine. Elle a les yeux écarquillés. Les phalanges de ses mains sont blanches tant elle est cramponnée à son fauteuil. Alors je lui raconte. Que les immenses ailes de l'avion sont en train d'ouvrir et fermer les ailerons parfois appelés flaperons qui vont assurer leur équilibre en vol. Que la carlingue, le corps de l'avion, porte aussi le joli nom de fuselage. Que les quatre moteurs s'appellent réacteurs parce qu'ils sont entraînés à réagir à tous les dangers. J'entends le commandant de bord se présenter. Parler au nom de l'équipage qui comprend deux pilotes, et vingt membres d'équipage. Il précise que l'un des stewards parle le farsi. L'anecdote fait sourire Leïla. Je raconte que l'avion est guidé jusqu'à la piste par un convoi de voitures qui clignotent. Que l'on voit au loin des avions en approche qui vont atterrir. Que l'on passe devant des hangars luxueux qui abritent des avions au repos. Que deux hôtesses se sont assises sur les sièges qui nous font face contre le panneau nous séparant de la classe business. Qu'elles ont attaché leurs ceintures à l'aide de bretelles qui soulignent leurs silhouettes. L'avion se met en piste. Marque un stop avant de prendre son élan. Je montre à Leïla l'écran face à elle. L'avion y apparaît comme un très gros oiseau blanc, un aigle royal. Sur fond de fin de soleil couchant commence l'envol. Lourd et léger. Effrayant et rassurant. Nous sommes déjà à mille mètres d'altitude. Dans une demi-heure nous aurons atteint les dix mille mètres. Notre altitude de croisière.

Leïla s'est assoupie. Comme une enfant à la fin d'une histoire. Je fais le vide en moi pour renouer avec l'état que je ne trouve pas au sol. Je n'aime pas la terre. Le vacarme du monde m'effraie. J'aime être bercée dans mon fauteuil en forme de coque qui ressemble à un lit d'enfant.

La plongée en moi-même est d'abord visuelle. Je tourne autour de cercles concentriques fermés. Je guette la trouée qui se prépare. Des images de douceur disparue vont émerger. Je deviens alors une éponge. Qui peu à peu efface le lieu, les gens. Je ne vois plus rien. Je suis seule. Au fond de moi. Je creuse. Je plante des balises sur des repères. J'aime les monologues intérieurs que requiert l'écriture. Sa monotonie paisible.

J'ai choisi d'effectuer ce trajet sur cet ogre géant assemblé à partir de quatre millions de pièces et cinq cents kilomètres de câbles, parce que, d'ici un an, il ne sera plus fabriqué. Après douze ans de bons et loyaux services, le fleuron d'Airbus a cessé de plaire. Pas rentable, trop gros, trop cher, trop tout. J'ai tant aimé la générosité de ses fauteuils, le son profond de ses moteurs, obsédant comme la voix de Leonard Cohen… Je suis sensible aux fins de quelque chose, aux derniers hommages. Si cet avion s'écrase, je ne peux jamais m'empêcher d'y penser, cinq cent seize passagers et vingt membres d'équipage seront réduits à l'état de confettis.

2. Saul

Il étouffe dans le cockpit. Il manque d'air. Il voudrait créer un trou de souris, l'élargir jusqu'à ce que la pression l'aspire à l'extérieur, le débarrasse de la vie. Mais il change d'avis lorsqu'il se retrouve seul dans la nuit au-dessus d'un océan troublé seulement par un bateau qui vogue, qu'il y a plus d'étoiles dans le ciel qu'il n'en verra jamais, que peut-être la lune se lève, alors que l'avion gronde doucement. Il voit un monde que les autres ne voient pas. Il ne pourrait pas ne pas être pilote.

C'était vrai jusqu'à ces derniers temps. Il s'est arrêté quelques semaines sur ordre du psychiatre. Il ne veut pas en parler, c'est un secret entre le médecin et lui. Il a invoqué une grosse fatigue et des soucis familiaux. Il souffre de baisses de moral mais pas de dépression sévère comme le prétend l'homme de l'art. Il est atterré par sa fragilité. Pendant les deux mois où il n'a pas volé, il s'est réveillé chaque nuit à trois heures du matin, avec des idées noires et cette insoutenable impression d'être au bord de l'explosion, qu'il n'y avait aucune solution à son mal-être. Sa vie de famille est un cauchemar, ses enfants le fuient, il ne les voit jamais. Sa femme ne supporte pas sa présence quotidienne, elle s'était habituée à son absence seize à dix-huit jours par mois.

Son métier, pilote de ligne, lui a toujours permis d'être un nomade de luxe, étranger à la vraie vie, coupé de la réalité sociale. Il aime déambuler dans des hôtels anonymes, comme un zombie en perpétuel décalage. Un autiste d'un certain genre. Il a tout raté, il dérange tout le monde, il ne sert à rien. Il ne manque à personne. L'angoisse le tue à petit feu, la nuit, toutes les nuits, quand il se réveille en nage et en sursaut. Et le matin quand le noir devient gris et glauque et qu'il est allongé comme un mort. S'il se lève, s'il passe à la position debout, l'oppression s'atténue légèrement, la boule du plexus se dissout en des minutes qui paraissent un siècle. Et il se dit qu'il n'en peut plus de ne pas être là-haut toute la nuit à regarder les étoiles. Chaque jour le manège recommence. Il s'affaiblit. Il lui faut une énergie folle pour supporter cet état, n'être jamais détendu, bien qu'au fil des journées le carcan parfois se soit desserré, grâce aux antidépresseurs du Dr M. Mais chut il ne faut pas en parler, il a jeté ces boîtes violettes de cachets dont on aurait sans doute pu détecter la substance dans les analyses. Est-ce déjà l'angoisse de la mort, se sentir inutile, totalement seul, au bord de l'abîme, à seulement quarante et un ans ? L'âge de son père quand il s'est balancé par la fenêtre, un matin de Noël. Il en veut encore à ce père qui n'a pensé qu'à lui, qui a laissé tomber son fils en tombant lui-même.

Depuis ce jour, il a décidé de tracer sa frontière entre le bien et le mal. Mais il manque de courage, il n'ose pas afficher ses opinions haut et fort, il se tient toujours en retrait, comme s'il se trouvait à un niveau inférieur aux autres ; il cache au fond de lui le monstre qui est en train de le ronger, de détériorer ses viscères, de pénétrer les parois de son cerveau. Le Dr M. lui a conseillé d'arrêter de voler pour une durée indéterminée, mais lui l'a convaincu que tout allait mieux au bout de deux mois, il ne veut pas risquer de repasser au simulateur, ce qui est obligatoire après trois mois sans atterrissage ou décollage. Il a un besoin vital de voler, d'être isolé dans un avion, de renouer avec son addiction. C'est le seul lieu où il se supporte, où il éprouve un semblant de quelque chose, un zeste d'enthousiasme, non, c'est un mot trop fort, disons un début d'envie d'ouvrir les yeux, d'agir, de ressentir, sans le ciel il est un mort-vivant.

Il est capable de diriger un avion de deux cent cinquante tonnes pour traverser une zone de turbulences, mais il assiste, impuissant, à sa lente destruction souterraine. Il voit le commandant de bord le regarder en coin, alors il relève la tête et sourit comme si de rien n'était. Quand, avant le vol, le commandant a réparti la rotation des temps de repos entre le copilote, le pilote mécanicien et lui-même, sachant que sur un long-courrier de treize heures il doit en principe toujours y avoir deux pilotes aux commandes, il a marqué un temps d'arrêt en le regardant, comme s'il hésitait à le laisser prendre sa place en son absence. Comme s'il était si transparent que sa déliquescence était visible. Il s'est senti humilié, mais il a l'habitude d'encaisser sans rien dire. L'humiliation est devenue son pain quotidien, elle le plonge chaque jour un peu plus au fond du trou, et c'est ce qu'il mérite.

Il pense à sa mère qui était pilote elle aussi, pilote de voltige, elle aimait se poser sur la plume[1], sur une roue, faire des montées en chandelle. Elle était capable de prendre des risques avec légèreté, de ne pas se laisser engloutir par le chagrin et les états d'âme. Elle a élevé seule ses trois fils sans jamais se plaindre.

Il a grandi dans une de ces villes paisibles de l'est de la France où les gens mènent une existence de troupeau. Avec le nom de son père, d'origine israélienne, Melmoth ; son prénom, Saul, ne lui a pas amené que des amis, mais il est fier de le porter, parce qu'il lui rappelle que ses racines sont obscures et que son histoire est liée à l'errance. C'est pour cette raison peut-être qu'il rôde dans le ciel, sans se soucier d'aucun centre de gravité, souriant aux étoiles qui lui font signe à travers le pare-brise du cockpit offrant une vue à cent quatre-vingts degrés. Il aimerait continuer à parler dans sa tête comme un enfant seul. Et ne jamais redescendre.

Il a hésité entre l'aviation et le kibboutz, mais sa mère, qui n'est pas juive – il s'est toujours demandé si elle n'était pas antisémite tant elle semblait mépriser son père –, a décidé pour lui. Ce serait d'abord l'aviation, pour le reste on verrait plus tard, quand il serait enfin commandant de bord. Sur ce vol il est assis à droite, mais il a les mêmes qualifications techniques que le commandant assis à gauche, c'est juste l'ancienneté qui diffère, il lui faudra encore attendre pour avoir son grade. Mais au fond, a-t-il vraiment envie d'être responsable d'un vol ?

1. Sur l'aile.

Tomber du ciel

Saul Melmoth vole sur Airbus depuis plus de quinze ans. Il a suivi une formation intense, longue et minutieuse, pour piloter un A380. Il était reconnu comme l'un des meilleurs dans cette école symbole d'excellence dans l'aviation, avec la promesse d'une carrière de premier plan. Il a tout appris de ce géant des airs, qui l'a façonné, étonné, éduqué, a ouvert son cœur à des sentiments aussi profonds qu'une histoire d'amour. Il le tient d'une seule main tant il le connaît, mais il continue d'être émerveillé par ses performances, l'intensité des sensations qu'il procure, la dimension sacrée dont il enveloppe le ciel. L'A380 restera son mentor, le guide spirituel qui lui a fait effleurer une perfection dont il ne soupçonnait pas l'existence.

Quand il a appris que sa production allait s'arrêter après douze ans seulement d'existence, juste au moment où son maniement n'avait plus aucun secret pour lui, où ils étaient si proches que l'avion comptait plus qu'une personne humaine, son cœur s'est arrêté de battre. Il s'est senti tomber du ciel, descendre aux enfers, comme une bête malade sur le point d'être achevée.

Il était quelqu'un, son uniforme en fait foi, il est en train de devenir un raté des airs, sa vie s'écroule. Il se demande comment il va supporter cette traversée vers Singapour, treize heures à regarder droit devant lui, à soutenir le regard goguenard du commandant qui a su, lui, assurer ses arrières, qui a postulé pour devenir instructeur, qui continue à porter la fierté Airbus comme un éclair invisible gravé sur le front. Tandis qu'est planté dans le cœur meurtri de l'inexistant copilote le mot échec, qui lui donne envie de se désagréger là, sur place, en plein milieu d'un monde sans avenir.

Tomber du ciel

Seras-tu capable de vaincre tes peurs ? D'ordonner à cette voix qui te parle, qui est toi sans être toi, de se taire ? Tu as peur d'entendre d'autres voix, tu te sens coupé en deux. Mais que fais-tu pour te reprendre en main ? Tu n'es centré que sur tes soucis. Et puis tu bois en cachette, des mignonnettes de gin ou de vodka, que tu fais disparaître en douce dans les sacs-poubelle de la cabine des stewards, pour te donner du courage, au risque de perdre ton avenir.

Tu as fait de ta vie une misérable cachotterie.

3. Mère

La version de *I Put a Spell on You*[1] chantée par le groupe Creedence Clearwater Revival au festival de Woodstock était la mélodie préférée de ma mère. Je l'ai entendue toute mon enfance, avec parfois une variante très peu connue fredonnée par Bob Dylan en hommage à son créateur Jay Hawkins, quand les deux artistes déambulaient dans les rues de Greenwich Village à New York. Ma mère adorait parler des années 60. De l'atmosphère qui régnait dans les lieux modestes et magiques où se retrouvaient les artistes, musiciens et écrivains. Des pépites, disait-elle, comme le Gerde's Folk City, le Bitter End, ou le Gaslight Cafe. Elle disait aussi : dans ces années-là on avait des choses à dire, pas des choses à vendre, notre état d'esprit était à la fois pur et révolutionnaire. Ou encore : c'est la nostalgie des paradis perdus qui sert de socle à la créativité.

Elle me disait : je t'ai donné le nom de ma meilleure amie qui était italienne. Qui a traversé la vie comme

1. « Je t'ai jeté un sort. »

une constellation éphémère. Après la naissance de son fils, qu'elle avait appelé Nemo Galaxy, la Talitha de ma mère était morte d'une overdose. A toi d'accomplir de grandes choses, avait dit ma mère dans un sourire.

Je l'écoutais hypnotisée. Elle parlait avec un naturel qui éloignait tous les dangers. Je me sentais protégée par la plus belle femme du monde, auréolée d'un parfum du nom de « Fracas », qui exhalait des senteurs de tubéreuse, à la fois douces et capiteuses, mais aussi rebelles comme le bruit d'un animal au galop. J'enviais, ou plutôt j'admirais, la sauvagerie de ma mère ; elle était elle-même, se fichait de ce que les autres pensaient d'elle, et elle vivait pleinement l'instant présent.

Elle chantonnait *I Put a Spell on You* en levant les bras vers le ciel et en esquissant des pas de danse qui faisaient virevolter son jupon indien. Quand elle essayait de m'entraîner dans une chorégraphie improvisée, je me sentais lourde et maladroite. Je n'avais ni sa grâce ni sa liberté. Parfois elle me jetait un regard franc et sombre à la fois, qui ternissait le bleu turquoise de ses yeux, et elle semblait se demander pourquoi diable sa fille était aussi différente d'elle... Mais elle dansait de plus belle, ne s'embarrassait d'aucune question inutile. Et l'osmose qui existait entre nous remplaçait l'insouciance que je n'avais pas su acquérir.

L'amour de ma mère m'a peut-être prédisposée à la quête de la fusion. Elle s'est envolée jeune, terrassée par un sale cancer. Sans avoir eu le temps de m'expliquer comment on devenait légère sur cette terre. Elle m'avait donné tant d'amour que je cherchais l'amour partout. Je la cherchais, elle, à travers ses châles dans lesquels je m'enroulais la nuit pour sentir son odeur, je la cherchais en m'entraînant devant le miroir à marcher comme elle, ou quand je m'aspergeais de son parfum. Mais rien n'y faisait, je portais ses vêtements comme un sac, et son parfum, sur ma peau, tournait, devenait aigre, me donnait la nausée. La nausée du monde que je vivais comme une menace, la terreur de la solitude qui m'était désormais imposée. Je rendais parfois visite à mon père, installé comme un ermite sur la côte ouest. Je m'occupais de lui comme d'un enfant. Mais la beauté de ma mère est ce qui m'est arrivé de mieux. Sans elle, la vie a perdu ses couleurs.

J'avais l'impression que la moitié de moi ne voulait pas grandir, tandis que l'autre moitié était si raisonnable qu'elle m'ennuyait moi-même. A terre je restais à un état adolescent ou vivais comme une étudiante. Avec des livres sur mon lit, les tentures psychédéliques de ma mère sur les murs. Et, comme elle, pas d'étiquette sociale définie. Mais une peur panique de l'insécurité.

J'avais vingt ans. C'était un de ces jours d'hiver froids et secs, comme c'est souvent le cas à New York, le ciel d'un bleu dur et tendre était parfois brouillé par les avions qui décollaient ou s'apprêtaient à atterrir. Alors que j'attendais le bus dans la 86e Rue, je fus accostée par une femme qui se présenta de manière très aimable : elle dirigeait une célèbre agence de mannequins. Elle me dit que j'étais belle, que j'avais beaucoup d'éclat, croyez-moi, vous attirez la lumière. C'est ainsi que je devins mannequin, et que je réussis à payer mes études. Je pris cette rencontre pour un signe de ma mère, qui me regardait du haut du ciel. Je l'imaginais, assise sur un fauteuil d'impératrice, un sceptre d'or à la main, dirigeant ma vie, et cela me rassurait. C'est grâce à sa présence, même éloignée, que j'ai pu m'adapter aux séances de photos. Elle serait fière de moi, de ce clin d'œil que je lui adressais.

J'étais logée chez la patronne de l'agence, qui veillait sur son cheptel comme sur un coffre-fort. Ce cadre carcéral ne me dérangeait pas, au contraire. Même si je n'en pensais pas moins, j'avais des dispositions pour l'obéissance. Un jour de début de printemps, l'air était doux, l'hiver avait été glacial, je rentrais d'un shooting de photos de mode dans un studio très connu à Harlem. Chaque fois que je devais m'y rendre, je me demandais comment j'allais sortir vivante de ce coupe-gorge où rôdaient des toxicos menaçants. Je vivais un étrange rituel, qui consistait à me faire vomir avant chaque prise de vue pour tenter de perdre les cinq cents grammes en trop que le photographe ne manquerait pas de souligner en levant les yeux au ciel. Puis on me bandait les seins, jusqu'à me couper le souffle, pour que ma silhouette soit aussi filiforme que possible. Devenue quasiment invisible, j'étais prête à m'envoler dans ma tête, à disparaître le temps de la séance, sans que quiconque s'en aperçoive, connectée au réel par le sourire lointain que j'avais appris à offrir au monde. J'étais ailleurs et là en même temps. Et le photographe appuyait sur son déclencheur. Cela durait des heures.

Sur le chemin du retour, ce jour-là, je me suis arrêtée chez Bérénice, une amie plus âgée sortie vivante de ce métier et devenue journaliste. Elle habitait un loft pas très grand situé sur deux niveaux au milieu de la ville. Je sonnai. Elle me cria d'entrer. J'ouvris la porte à moitié déglinguée. Je faillis déraper sur deux rats morts vautrés sur la dernière marche de l'escalier. J'étais tétanisée. Au bord de la crise de nerfs. Incapable de sortir un son. J'ai eu des images de cafards rampants, de fumées fantômes qui s'évadaient des rues défoncées sur lesquelles rebondissaient les taxis jaunes cabossés. J'ai pensé que supporter la vie à New York exigeait une énergie de survivant. J'ai pensé que j'étais une survivante. J'ai jeté les rats encore tièdes dans le vide-ordures. J'ai été prise d'un violent dégoût de l'humanité. Mais il fallait faire face.

Sur le seuil du niveau supérieur se tenait un ami de Bérénice que je ne connaissais pas. J'appris plus tard qu'il était le patron du magazine français pour lequel elle travaillait. Vu d'en bas il avait l'air d'un Giacometti dégingandé. Je montai l'escalier abrupt comme une échelle. En haut, je détournai le regard. Je ne voulais pas le voir. Ce n'est pas tout à fait vrai. Je me souviens de cheveux épais bruns et bouclés, d'yeux verts qu'il plissait comme s'il voyait mal. Mais je ne pensais qu'à une chose. M'écrouler sur le canapé. Expurger mon esprit embrumé de Harlem et des rats, avant d'être capable de devenir polie.

Il me dit qu'il s'appelait Ferdinand. Il était très beau, et très calme. Il se pencha vers moi et frôla ma main. Je fus tentée de m'approcher de lui. Je fus frappée par le fait qu'il fumait les mêmes cigarettes que ma mère, des Craven A sans filtre ; le puissant tabac blond imprégnait l'air d'effluves nostalgiques qui me firent tourner la tête. Mais je retins les tremblements de mes jambes et ne bougeai pas d'un centimètre ; je n'avais pas envie qu'il me prenne pour une folle. La vie était assez compliquée comme ça.

Il était tout proche, je sentais son regard, je luttais contre le brouhaha qui sourdait en moi. Il me parlait.

Peut-être chuchotait-il. Les battements de mon cœur parlaient plus fort que sa voix. Les joues en feu, les mains moites, les tempes bourdonnantes, j'étais ridicule. Et puis s'invita l'image du beau ténébreux de Julien Gracq, ce personnage qui concentre tous les regards dès qu'il pénètre quelque part. Je pensai à ce livre qui m'avait tant plu. Et qui se terminait mal. Et je me sentis en terrain de connaissance. Alors j'esquissai un sourire. Il s'assit à côté de moi sur le canapé. Il dégageait des ondes d'une douceur sucrée, celle des guimauves qui fondent sur la langue, ma gourmandise préférée.

Après notre rencontre chez Bérénice, je fis en sorte de ne pas revoir Ferdinand. Il ne rentrait pas dans mes cases. Les photos de mode, l'université, les stages à suivre pour devenir hôtesse de l'air, les comptes à rendre à ma logeuse qui considérait son aréopage de mannequins comme sa propriété exclusive m'occupaient à plein temps. Je n'étais pas dénuée de sensibilité, j'avais eu quelques aventures amoureuses. Mais le temps m'était compté. Entre deux prises de vue et mes cours, je réfléchissais à mon avenir. Et je sentais qu'il serait haut. Lié au ciel, où mes pensées se transformaient en émotions liquides. J'avais hâte de briser la glace qui stagnait en moi, lourde comme un cœur gelé.

A ce stade de ma vie, qui se situait peu de temps après la mort de ma mère, j'avais l'intuition que l'amour et l'avion comportaient les mêmes risques. J'attendais de l'avion qu'il fasse mon éducation. En m'offrant une intense possibilité de méditation, il me permettrait de découvrir ma vie intérieure. Et j'étais sûre d'en avoir une bien cachée quelque part.

4. Marie Ange

La passagère aux cheveux roux qui occupe le siège 80J en classe premium, dans la zone centrale, légèrement en retrait par rapport aux sièges de Talitha et de sa jeune voisine, de l'autre côté de l'étroit couloir, s'appelle Marie Ange Leroux.

Ce n'est pas une blague. Elle a adopté cette couleur quand sont arrivés plus tôt que prévu, à la trentaine seulement, les fils blancs dans son épaisse chevelure à dominante noisette, que des reflets auburn éclairaient çà et là. Après de multiples essais, elle a déduit que le blond ne lui allait pas au teint, qu'il était peut-être trop glamour pour elle mais pas assez piquant, tandis que le roux amenait un zeste énigmatique dont elle se félicite chaque jour. Aujourd'hui encore elle se demande qui elle est, et cette question quotidienne la maintient en forme. Marie Ange, donc, est intriguée par ce qui se manigance sur sa droite. Un peu plus haut, à deux pas. Dans cet avion qui devrait être l'une de ses dernières traversées, puisqu'elle se dirige vers une toute nouvelle existence, son naturel curieux la submerge. Elle adore, disons même qu'elle éprouve une nécessité vitale à rencontrer des gens nouveaux pour exister. Sinon elle n'est rien, son cerveau se vide, son cœur bat si faiblement qu'elle se sent frôler la mort. Sans doute est-ce anormal, mais Marie Ange est intuitive : mieux vaut ne pas chercher trop loin ce qu'elle peut trouver tout près d'elle, à portée de main. Elle n'a pas besoin d'entrer en contact avec eux, les regarder vivre lui suffit.

Ainsi, elle a un faible pour la grande blonde qui écrit en parlant toute seule. Qui a un très joli visage et des pensées mélancoliques. Elle est plus circonspecte à propos de la jeune métisse qui ressemble à une Joconde encadrée dans un faux fauteuil de Ruhlmann. Impénétrable et suspecte. Marie Ange est obligée de tourner le visage vers la droite en tendant l'oreille, tout en faisant semblant de regarder ailleurs, pour espionner ses presque voisines. Une pratique à laquelle elle se livre suffisamment souvent pour que ses contorsions paraissent naturelles. C'est sa manière à elle de s'exercer à la psychologie, il n'y a pas si longtemps qu'elle a mis au point ce discret décryptage, et le résultat dépasse toutes ses espérances. Elle s'invente ainsi d'autres vies que la sienne, qu'elle met en forme, en mots et en images, créant ainsi des romans-photos modernes qui comblent la case ennui de son existence solitaire et l'obligent à tester une créativité dont elle ne soupçonnait pas l'existence. Le soir, quand elle est libre et qu'elle a récolté des informations satisfaisantes, elle rédige ses notes, transfère les photos qu'elle a prises avec son minuscule Leica, ou avec son portable, mais la qualité est moins bonne, puis coupe et colle le précieux matériau qui apparaît sur son écran et finira par prendre la forme d'un livre, réalisé et publié, le jour venu, à compte d'auteur.

C'est aussi sa manière à elle de lutter contre la peur parfois panique dont elle souffre dans les avions. Marie Ange Leroux a appris à être pragmatique. Pour laisser libre cours à l'expression de son ambition, il est indispensable qu'elle se donne les moyens de dépasser ses angoisses, et sans doute ses névroses, elle n'a pas peur des mots. Une femme d'affaires se doit de surmonter ses phobies, de toute façon elle ne peut pas traverser les océans en bateau, soyons réalistes. Elle se rappelle encore son premier vol lorsqu'elle était enfant, ce furent aussi ses premières vacances à la mer. Son père avait pris trois places sur un Mulhouse-Nice, ou peut-être était-ce Marseille, du temps a passé, elle n'avait que sept ans et la mémoire des enfants est vacillante, c'est pourquoi aujourd'hui elle note tout, absolument tout, pour pallier un éventuel trou noir. Oui, c'est après ce voyage, l'émerveillement qu'elle avait ressenti en s'envolant si rapidement de sa province tristounette, que la métaphore l'avait frappée. Elle ne savait pas à l'époque ce qu'était une métaphore, elle l'a compris plus tard en relisant ses notes, mais elle avait saisi que, d'un coup de baguette magique, on pouvait changer de vie et d'aspirations, dessiner des projets d'avenir auxquels on n'avait jamais pensé.

L'avion était ainsi devenu son vecteur de chance, le déclic de son désir. La promesse qu'elle pourrait échapper aux plans de ses parents qui avaient déjà commencé à investir dans un studio pour elle plus tard, qui deviendrait un deux-pièces puis trois, situé à quelques encablures de leur propre pavillon avec jardin, dans une banlieue coquette où ils ne connaissaient personne mais ne manquaient de rien. C'était écrit d'avance ; son père était enseignant dans le primaire, Marie Ange passerait après le bac l'examen pour être institutrice, ce qui lui permettrait d'élever ses enfants en adoptant leur rythme de vacances scolaires. Et sa mère, qui tenait une mercerie proche du centre-ville, pourrait donner un coup de main en cas de besoin. Cette perspective d'existence faisait frémir Marie Ange, mais elle se gardait bien de le dire. Se retrouver avec des enfants sur les bras, dans la même banlieue que ses parents, lui paraissait le comble de l'étouffement.

C'est pourquoi elle est si reconnaissante envers l'avion d'avoir été le déclencheur de ses aspirations profondes. Partir, échapper à la fatalité, découvrir son vrai soi. Mais toute libération a un prix. En même temps qu'elle prenait son envol vers l'indépendance, elle se mit à développer des crises d'angoisse dans les ascenseurs et la plupart des lieux clos. Marie Ange a toujours eu l'esprit ouvert. Elle s'est très jeune tournée vers un psychologue, au grand dam de ses parents qui crièrent au diable, à la folie, puis à l'envoûtement. Mais Marie Ange sut trouver les mots pour les rassurer, leur expliquer que, précisément, le recours à un homme de l'art lui avait permis de faire remonter une force enfouie depuis l'enfance, d'envisager son avenir de manière lumineuse. Elle devait partir.

Surpris par la métamorphose de leur fille qui avait toujours semblé timide et se mettait d'un coup à rayonner de confiance en elle, les parents, ensemble puis chacun de leur côté, décidèrent de confier eux aussi leur inconscient à des professionnels. Il en résulta une séparation tumultueuse et imprévisible qui bouleversa les affaires financières de la famille. Il fallut vendre les biens acquis à grand renfort de sacrifices, le pavillon sur jardin et le studio destiné à Marie Ange, supporter le regard goguenard des voisins jaloux de ce couple qui avait toujours affiché aisance matérielle et apparence irréprochable. Le père de Marie Ange découvrit l'amour, sous la forme de multiples conquêtes libertines, qui lui permirent d'exprimer enfin un lancinant besoin de séduction qu'il s'était résigné jusque-là à ne confier qu'à son miroir, lequel lui renvoyait le reflet du temps perdu.

Et la mère, qui avait abandonné toute velléité de féminité en accumulant les kilos et la frustration, se tourna vers la pratique du sabre, qui lui fut vantée au Club des amis de la mairie, auquel elle s'était inscrite grâce à une ancienne cliente de la mercerie, comme un art martial japonais dont l'enseignement visait à atteindre l'état mental de non-réflexion, autrement dit la paix intérieure. Marie Ange, qui avait de l'avance sur ses parents en ce qui concerne la connaissance de soi, comprit que sa mère, en réalité, mimait, au moyen de son arme en lames de bambou, un acte de vengeance meurtrière contre un mari égoïste et prétentieux qui se prenait pour don Juan.

La claustrophobie continue de rôder chez Marie Ange. Elle se sent sans doute vaguement coupable de la séparation de ses parents, qu'elle a provoquée sans le vouloir vraiment. Mais elle ne peut s'empêcher de penser que c'était la clé de sa liberté à elle. Si elle accepte intellectuellement l'idée de leur divorce, elle n'a pas encore ressenti l'onde de légèreté qui soulagerait sa conscience. Mais rien ne pourrait entraver la force de son ambition. En réaction peut-être à l'enfermement dans l'atmosphère grisâtre et étriquée qui a marqué ses premières années, elle a développé un fort besoin d'espace et de culture. C'est un grand mot, soit, mais comment exprimer autrement cette soif d'ouverture au monde, à la beauté, à la différence ?

Une fois montée à Paris, Marie Ange Leroux a attendu son heure. Elle a réfléchi à ses objectifs, à ce qu'elle avait envie de faire, dans quelle direction elle voulait conduire sa vie. Elle a trouvé assez facilement, parce qu'elle avait les idées claires, un poste de secrétaire chez un antiquaire spécialisé dans le mobilier des années 30. Au début, elle était cantonnée à la paperasse, et puis dans ce genre de boulot, pour peu qu'on apprenne vite, qu'on reste à sa place tout en étant opportuniste, on devient vite indispensable. Il faut de la patience et de la force de caractère.

Et bien sûr l'envie d'avoir un avenir.

Marie Ange a bataillé dur pour grimper dans la hiérarchie ; elle a acquis au fil des ans une solide connaissance du marché de l'art, des relations privilégiées avec de nombreux collectionneurs, puis elle s'est sentie suffisamment solide pour se lancer à l'étranger. Après quelques déconvenues sentimentales – elle s'est fait une raison, les hommes ont peur des femmes ambitieuses –, après de nombreux voyages professionnels dans le monde entier, elle s'est intéressée aux ports francs. Ces bunkers hors douane, gigantesques garde-meubles, qui stockent des trésors dans d'immenses entrepôts équipés de systèmes de sécurité ultra-sophistiqués et permettent d'opérer des transactions discrètes en franchise d'impôt, non soumis au service des douanes. Le monde de l'art étant devenu un univers à fantasmes pour les investisseurs de tous bords, dont la plupart n'ont aucune culture ni formation sur le sujet, elle a pensé qu'elle pouvait être une précieuse intermédiaire. Et a offert ses services à une société importante basée dans le port franc de Singapour, destination qui allie selon Marie Ange l'exotisme à l'aventure moderne et au luxe. Convoquée, tous frais payés, pour un entretien sur place, elle a vécu une expérience fascinante en visitant ce bijou de technologie à cent millions de dollars situé juste à la sortie de l'aéroport de Singapour sur trente mille mètres carrés de terres prises à la mer.

Après des années passées à engranger patiemment, dans l'ombre, des connaissances dans un métier où la réussite fluctue en fonction des modes et de la qualité des acheteurs, Marie Ange est devenue une spécialiste reconnue de prestigieuses manifestations telles que la Biennale des antiquaires de Paris ou la foire d'art contemporain Art Basel, qui sévit entre la Suisse, Miami et Hong Kong. Partie de rien, ou presque, elle a su se faire une place dans ce monde très fermé et en tire une fierté méritée. Avec le temps, elle s'est sentie à l'étroit dans le joli magasin d'antiquités de la rive gauche et le petit appartement situé à proximité de son lieu de travail qu'elle avait réussi à acheter à crédit, en se privant. La monotonie du quotidien, malgré les voyages, avait commencé à la rendre triste. Chaque jour un peu plus. C'est difficile à expliquer, mais elle avait à nouveau besoin d'avenir.

Sa discrétion, son expérience et sans doute un je ne sais quel mélange de confiance et de dévouement surent séduire ses futurs employeurs. Elle signa un contrat lucratif. Se métamorphoser en Mata Hari du port franc était un statut qui dépassait toutes ses espérances.

Pour toutes ces raisons, cela peut paraître futile mais ça ne l'est pas forcément, elle est heureuse d'avoir trouvé la couleur de cheveux adaptée à sa nouvelle fonction. Un roux pas trop flamboyant mais suffisamment lumineux pour qu'il suscite la curiosité. Un roux synonyme du courage dont elle a fait preuve pour tout quitter et redémarrer.

Penchée au-dessus des multiples feuillets remplis d'alinéas qui jonchent la tablette devant elle, alors que, le sourire aux lèvres, elle s'apprête à déguster sa coupe de champagne et relire son contrat avec une joyeuse attention, une sorte de tsunami vient bouleverser l'ordre établi. La blonde mélancolique trébuche contre le pied de Marie Ange qui empiète sur le couloir, en même temps que l'avion se met à remuer comme un animal en cage, que le signe *Attachez vos ceintures* s'allume, et que le commandant prend la parole pour signaler des turbulences soudaines et importunes. L'estomac lui remontant dans la gorge, Marie Ange se précipite pour ramasser ses précieux papiers, renversant au passage le champagne qui vient mousser sur le contrat. Les deux femmes se retrouvent chacune accroupie, essayant de récupérer les feuilles indociles qui volent dans tous les sens tant leurs efforts sont désordonnés. Talitha s'excuse, Marie Ange marmonne, les passagers alentour, sanglés dans leurs ceintures, assistent médusés à ce spectacle, donnent des indications, il y a une feuille par ici une autre par là, l'avion s'agite à nouveau, provoquant un carambolage entre les deux femmes qui finissent par s'asseoir côte à côte, la place voisine de Marie Ange étant libre. Epuisées, échevelées, elles partent alors d'un violent éclat de rire et engagent, entre deux hoquets, une conversation dont Leïla, penchée par-dessus son siège, un peu plus haut devant, tente de saisir la teneur. Marie Ange, tout en parlant, croise le regard de la jeune métisse et frissonne comme si elle ressentait une menace.

5. Ciel

Mon premier vol en tant que chef de cabine sur long-courriers eut lieu sur un Boeing 747 New York-Paris il y a dix ans. A vingt-trois ans, j'avais la charge de quatre cents passagers et j'en étais fière. C'était un vol du soir, ceux que je préfère. J'étais loin d'imaginer voler un jour sur un A380, qui n'avait que deux ans et deviendrait le grand rival du Boeing 747.

J'avais renoncé aux photos de mode, terminé mes études de lettres, obtenu mon diplôme d'hôtesse de l'air, puis réussi les tests d'échelon supérieur. Je vivais à New York dans un minuscule studio tout en bas de la ville. Un espace qui me suffisait, puisque je passais la moitié de mon temps à voler. Un espace dans lequel j'étais restée le plus souvent recroquevillée sur mon lit tant j'étais tourmentée par un possible échec : les résultats des examens décideraient du cours de ma vie.

Je me souviens de ces instants de détresse, le vide absolu, pas de famille, pas de parents, j'avais perdu ma mère, mon père avait émigré en Australie avec une nouvelle conquête. Je ne voyais plus personne, ne parlais plus que dans ma tête, j'avais peur de passer de l'autre côté d'un miroir, de perdre la boule. C'était comme si je souffrais d'une maladie orpheline. J'attendais un miracle, la mort peut-être.

Je ne pouvais pas envisager autre chose que me fondre dans l'intimité des gros avions sophistiqués qui survolent le monde, ceux qui franchissent les océans, dévoilent les espaces inatteignables, métamorphosent la vie. Je ne me voyais pas comme une passagère intermittente se dirigeant d'un point à un autre, mais comme la véritable actrice de mon avenir, et il n'y avait aucun choix : ce serait l'avion ou rien. Je me souviens de la violence avec laquelle j'étais arc-boutée sur cette certitude, il s'agissait de vie ou de mort. Il n'était pas question d'embarquer sur des moyen-courriers, ces omnibus impersonnels dont le confort précaire, les odeurs de réfectoire et le son aigu des moteurs n'ont rien de séduisant. Non, il fallait que je sente sous mes pieds un sol moelleux prêt à onduler au rythme d'ondes délicates imitant le murmure de ma solitude.

Une solitude qui n'a rien de triste, ancrée en moi comme le socle le plus solide et curieusement le lieu le moins solitaire que j'aie connu. Dans ces avions imposants, les long-courriers, s'est créée une vie de famille, une bulle douce comme un fil de soie, qui m'enveloppe et me protège. Je me sens proche des autres navigants, leurs histoires et leurs vies m'intéressent, on reste ensemble pendant les escales, on se rassure les uns les autres. A l'intérieur de cette équipe de nomades solidaires, la carapace qui m'isole du monde s'attendrit lentement et ma gorge se serre comme si l'avion me consolait des larmes que je ne peux pas verser.

Ce premier vol décisif qui me permettait d'entrer dans la vraie vie fut placé sous le signe de l'imprévu : mon amie Bérénice, ma seule amie, ayant été gravement blessée lors d'un reportage, j'avais réussi à la faire embarquer sur ce vol, en tant que « transport sanitaire » dont j'avais la responsabilité. Les trois dernières rangées côté droit de la classe éco au fond de l'avion avaient été aménagées comme un compartiment à part isolé par un rideau. Bérénice y reposait allongée sur une civière, méconnaissable, le visage couvert de pansements.

Elle était encore sonnée par son expérience et je tenais absolument à m'occuper d'elle. Il lui était arrivé une étrange mésaventure alors qu'elle réalisait, pour le magazine dirigé par Ferdinand, un reportage sur l'architecture victorienne à Harlem, qui était en train de devenir un quartier branché depuis que de nombreux artistes s'y étaient installés et fréquentaient les clubs de musique. Pour son enquête, elle rencontra le propriétaire d'une maison funéraire datant des années 20, dont le style néogothique un peu sombre, la décoration hyper-chargée de rideaux, bibelots et bouquets séchés constituaient l'illustration parfaite de ce qu'elle voulait raconter. Il fut convenu entre eux qu'elle se rendrait sur les lieux avec un photographe un jour de relâche, c'est-à-dire un jour sans mort.

Or l'affaire tourna au film d'épouvante. Non seulement, le jour choisi, un cercueil ouvert avec un mort dedans trônait en plein milieu de la grande salle obscure, entre les rangées de chaises qui attendaient la famille, non seulement le patron ivre mort qui avait oublié le rendez-vous buta contre le support à roulettes du cercueil qui avança tout seul en glissant jusqu'à l'estrade du fond de la salle, mais le pire advint. Une voix provenant du vestibule se mit à hurler. En levant la tête, Bérénice vit apparaître, accoudée à la rampe d'une mezzanine dissimulée par des tentures, une femme d'origine hispanique aux cheveux platine et au maquillage ahurissant, qui vociférait des mots incompréhensibles en agitant ses mains dont les ongles aussi longs que des griffes étaient vernis en vert acide. Ce spectacle surréaliste fut suivi par les aboiements de deux pitbulls et un rottweiler, qui sautèrent par-dessus la rambarde, tous crocs dehors, et se jetèrent sur Bérénice. Le photographe avait quitté les lieux en courant. La famille du mort qui arrivait en procession appela la police puis allongea Bérénice sur un buffet Henri II. Transportée à l'hôpital, elle fut recousue aux jambes et aux bras ; il était encore trop tôt pour deviner l'ampleur des cicatrices qui marqueraient son visage, labouré par de méchants coups de patte. Elle se fit vacciner contre la rage et décida de rentrer en France se reposer dans sa famille. Son ami Ferdinand, bien sûr, l'accompagnait.

J'ai côtoyé toutes sortes de gens dans les avions, des gens de passage, avec des histoires de vies étranges, des expériences différentes. Des enfants voyageant seuls qui se sentent perdus. Des angoissés qui se confient à vous parce que vous êtes là. Des personnages que la parenthèse d'un vol fait paraître plus sincères. Des séducteurs qui ne connaissent rien d'autre que le jeu. On les démasque rapidement parce qu'ils ne peuvent pas rester seuls cinq minutes. Ils s'agitent, sourient, monologuent, roucoulent. Si on les remet à leur place, ils insistent ou se tournent vers quelqu'un d'autre. Les hôtesses de l'air sont souvent un fantasme pour les hommes qui voyagent. Une collègue m'a dit qu'il en était de même des infirmières.

Le séducteur de base n'est pas dangereux. Le plus souvent, il se contente de rechercher dans la glace le reflet de son charme irrésistible. Tout à la contemplation de son image, il peut se demander s'il s'agit bien de lui-même.

Il existe une catégorie supérieure du séducteur. Celui dont le besoin de plaire est aussi important que de respirer. Celui dont l'ego est si tourmenté qu'il cherche à se mesurer à un autre lui-même, une proie qu'il pourra emprisonner dans une toile arachnéenne invisible. Et lui faire croire qu'elle est la personne la plus importante du monde. Regardez un chat jouer avec une libellule qui s'est laissé prendre entre ses griffes. Il joue mais ne tue pas, elle souffre mais ne s'échappe pas. C'est l'histoire qui m'est arrivée.

La mémoire a ses failles. Comment savoir si les souvenirs sont exacts, enjolivés, tronqués ? A l'heure où j'écris ces lignes, dix ans plus tard, alors que je m'envole tranquillement vers Singapour, je ne sais plus vraiment quels sentiments m'avaient envahie en retrouvant Ferdinand dans l'avion. Quel rôle jouait-il dans la vie de Bérénice ? Pourquoi était-il toujours dans son sillage, alors qu'elle m'avait assuré qu'il n'existait aucun autre sentiment que l'amitié entre eux ? Que d'ailleurs elle n'était pas sûre qu'il aime vraiment les femmes.

Tandis que j'entrouvrais le rideau et m'apprêtais à quitter le compartiment de fortune de Bérénice, je l'aperçus qui rôdait dans l'allée. Il n'était pas aussi grand que dans mon souvenir. Il s'était retourné et m'avait souri. Je vous cherchais, avait-il dit en approchant. Il m'avait intimidée lors de notre première rencontre chez Bérénice. Depuis, j'avais parfois pensé à lui avec de l'agitation et une certaine méfiance. Il avait essayé de me revoir, j'avais éludé, dit : je n'ai pas le temps, un jour peut-être. Quelque chose en lui m'attirait. Mais une aura obscure et intense m'enveloppait en sa présence et me renvoyait à ce qu'il y avait de sombre en moi.

Or, j'étais enfin chef de cabine. J'allais traverser l'Atlantique. C'était mon jour de lumière. J'étais en proie à une forme d'euphorie, un sentiment que je ne connaissais pas.

L'avion était plein. Où que je regarde, tout me souriait. Quand on fait ce métier, il faut être de bonne humeur, résister à la fatigue, anticiper les demandes, supporter ceux qui vont mal. J'avais demandé à Ferdinand de rester assis à sa place, comme les autres passagers. J'étais investie d'une mission très spéciale. Etre utile. Rendre la vie douce à Bérénice. Je sillonnais les allées, pour aller la voir, mais aussi offrir mon sourire aux autres passagers, tapoter un oreiller, proposer un verre ou une collation. J'aimais me sentir désirée, être la personne dont dépendait la magie du vol. Et je m'y employais ; j'avais fait un tour dans le cockpit, échangé quelques mots avec le pilote Saul Melmoth, qui s'apprêtait à entrer chez Airbus, sur le programme A380. J'aimais ces moments de retrouvailles dans le poste de pilotage, cette complicité qui existait sans qu'on ait besoin de parler. On était juste heureux de se voir.

J'avais accès à tous les recoins de l'avion. Cela me permit d'observer Ferdinand sous différents angles. Je m'exaspérais moi-même. Avais-je ou non envie d'en savoir plus sur ce bellâtre ? Etait-il un homme loyal et respectable ? Ou un leurre, un séducteur imbu de lui-même ? Quelque chose en lui me fascinait mais une intuition me poussait à la méfiance. Abritée derrière le rideau de l'office, je risquai un œil et remarquai qu'il se livrait à un étrange stratagème. Il scrutait le paysage à travers le hublot. Puis retirait ses lunettes de vue lorsqu'il portait son attention vers l'intérieur de l'avion. Il plissait les paupières, relevait très légèrement la tête, son regard devenait flou. Sa vision se tournait alors vers lui-même, accompagnée d'une moue triste et hautaine, amère peut-être. Il me faisait penser à un chasseur qui s'apprête lentement à ajuster son fusil. Pas un adepte du gros gibier. Un chasseur plus poétique, à l'affût de canards sauvages par exemple, prêt à marcher des heures dans l'eau pour suivre leur envol. Les admirer avant de les abattre.

J'avais beau m'en défendre, essayer de ne pas dépasser une certaine lisière, j'étais hypnotisée. Même si je sentais que cette attirance mystérieuse était mêlée à quelque chose de glauque, que ce personnage louvoyait pour échapper à des vents contraires, c'était plus fort que moi, je n'ai pas résisté.

Dans l'atmosphère confinée d'un avion, l'observation silencieuse est plus rapide que dans la vraie vie. Mais le fait de voir n'empêche pas la chute, la sensation angoissante de tomber du ciel.

Pendant toute la traversée, c'était un vendredi, je me surpassai dans le perfectionnisme. Une énergie soudaine me portait. Je veillais au moindre détail avec une assurance que je ne me connaissais pas. Je décidais, sans hésiter. Je riais, sans retenue. J'étais belle, sans en douter. Ferdinand ne me quittait pas des yeux. M'adressait des mots doux qu'il déposait sur le coin du bar de la cabine des hôtesses. Des petits papiers quadrillés recouverts d'une écriture pattes de mouche difficile à déchiffrer. Des messages pliés en quatre dont le contenu lyrique me parut éblouissant. Il me rendit des visites surprises. Effleura ma joue. Mes cheveux. Un jeu de l'amour qui me rendit unique.

J'ai eu l'impression de danser pendant cette traversée, tous les passagers me souriaient, me faisaient des compliments, me sonnaient pour un rien, j'étais à leur écoute, heureuse.

Avant la fin du vol, je me suis retirée dans l'office et j'ai fermé les yeux. J'ai un penchant pour les ténèbres. J'aime l'intimité de l'avion qui ronronne. J'ai senti que planait un risque. Tous les navigants savent à quoi je fais allusion. Ce petit clignotant logé dans un coin de la tête qui teinte l'amour de voler d'un brin de piment et d'héroïsme mais nous rappelle qu'aucun vol n'est exempt de danger.

La rencontre aussi est un risque. Le vase clos atténue la méfiance, décuple l'attirance. Ce jour-là, un beau ténébreux me guettait. Je me suis laissé ensorceler. Personne ne m'a forcée. J'étais consentante.

6. Leïla

Leïla est réveillée mais fait mine de dormir. De profil sans tourner la tête, la paupière gauche à peine entrouverte, elle tente de déchiffrer ce que sa voisine, enfin de retour après avoir passé une éternité avec la rousse assise derrière, écrit sur son ordinateur. Elle sait que ça ne se fait pas, mais elle est intriguée par cette femme qui l'a aidée à s'endormir. C'est la première fois qu'elle dort aussi profondément dans un avion. Elle a faim. Elle n'a plus peur, entrouvre la paupière droite, tente un regard oblique vers l'extérieur. Le hublot est occulté. Elle cherche des indices. Leïla passe le plus clair de son temps à chercher des indices. Ses yeux reviennent à l'ordinateur, dans un autre mouvement oblique. Tout en haut, à droite, entre l'heure et l'icône Spotlight, est écrit le nom, Talitha D. Leïla est satisfaite, mais veille à ce que rien ne se voie sur son visage. C'est un bon début. Un prénom inconnu. Il faudra qu'elle pense à trouver la signification du prénom. Sur Internet, quoique… Internet n'est pas si fiable, trop sommaire, à cause de l'algorithme de Google qui a été mal conçu. A moins que… à moins qu'elle ne consulte le site sur l'étymologie des prénoms, celui qui est peu connu parce qu'il est quasiment indétectable si on n'effectue pas une recherche assez fastidieuse, une perte de temps pour la majorité des gens. Leïla, qui est une experte dans la navigation sur Internet, sait débusquer les sites les plus intéressants derrière les plus commerciaux, ce qui lui permet de créer un univers différent et plus personnel. Le sien.

Leïla est atteinte du syndrome d'Asperger, une forme d'autisme située en haut du spectre, sans déficience intellectuelle, qui a été diagnostiqué chez elle il y a trois ans seulement, au début de son adolescence. Grâce à un travail incessant de recherche et de déduction, elle a commencé à libérer les mots qui étaient enfermés dans sa tête. En découvrant la signification de son propre prénom – les Leïla, assimilées aux Léa, Leah et Lia, ont pour vocation d'apaiser et de réconcilier les mémoires familiales –, elle a compris que son mal avait un sens. Pour progresser, elle a eu besoin de s'isoler dans un silence profond, de résister aux mots, de se nourrir des sensations fortes procurées par les nombres, de se laisser envahir par des tocs. Et elle a tiré ses propres conclusions. Les médecins qui raisonnent de manière scientifique placent les symptômes dans des cases, mais ne peuvent pas comprendre la réalité de son affection, elle seule connaît sa vérité. Elle et son ami Quentin avec lequel elle communique en permanence, sauf quand le Wi-Fi fait défaut. L'un et l'autre sont affublés de la même originalité, que ni l'un ni l'autre ne perçoit comme une maladie. Bien plutôt comme un monde à eux, unique, une planète anarchique que Leïla a réussi à apprivoiser avec l'aide de sa mère.

Enfant, Leïla suivait un rituel pour s'endormir ; elle se balançait d'avant en arrière, rythmant sa danse étrange en se cognant la tête contre les barreaux du lit. Le pédiatre prétendit que ça arrivait parfois. La mère de Leïla prit conscience que sa fille était plus une personne à part qu'une simple enfant, qu'elle avait un besoin obsessionnel d'ordre et de routine, qu'elle se frottait les mains l'une contre l'autre sans jamais s'arrêter, qu'elle répétait sans fin les mots qu'elle apprenait, créant ainsi une sorte de mantra vaguement inquiétant. Sa mère s'habitua à ce que Leïla soit personnelle, solitaire, une enfant qui éprouvait des difficultés à trouver des repères, qui traversait parfois des moments de déconnexion totale, d'absorption en elle-même. Seuls les chiffres, découpés, en bois, imprimés quand elle sut les lire, la calmaient tout en la stimulant. Bien qu'elle devînt rapidement brillante en maths, sa scolarité releva du parcours du combattant. Elle supportait mal d'être assise et d'écouter sans bouger. Plus on la forçait à rentrer dans le rang, plus elle devenait agressive, allant jusqu'à se taper la tête contre les murs. Mais la mère tint bon. Elle sentit qu'il y avait du génie dans sa fille. Elle fut rassurée lorsque son handicap fut décelé par un psychiatre patient, qui mit en lumière à la fois des manques et des fulgurances. Il fallut apprivoiser l'animal rétif en elle, et tout lui montrer pour qu'elle apprenne.

Ainsi, elle était incapable de laver la partie des cheveux situés derrière son crâne, parce qu'elle ne les voyait pas. Regarder les autres dans les yeux était impossible. Elle ne pouvait ni sourire, ni pleurer, ni ressentir. En s'entraînant devant un miroir à imiter la douleur, la tristesse, la joie, elle fit sortir les sons et les sensations bloqués à l'intérieur d'elle qui l'empêchaient presque de respirer. Et les émotions d'abord mentalisées finirent par devenir des réflexes. Jusqu'à ce qu'elle soit en mesure de s'exprimer avec de la sensibilité, elle était un personnage totalement monotone, sans hiérarchie dans les émotions. Elle a conservé une façon de parler légèrement monocorde qui intrigue certains, et lui rappelle qu'elle s'est construite sur une extrême fragilité, une violence intérieure chargée de souffrance, dont la voix sans aspérité révèle peut-être une tentative de contrôle.

La tournure d'esprit de Leïla est essentiellement logique. Le ressort rationnel est indispensable à sa capacité de comprendre, mais elle a des difficultés pour décoder les métaphores ou les jeux de mots. Elle pallie cette limitation par une mémoire exceptionnelle qui lui permet de stocker des données avant de les intégrer, à son rythme. A la différence du commun des mortels, Leïla ne saisit pas le global, mais voit tous les détails, ce qui la force à communiquer par des canaux particuliers. Les gens qui acceptent facilement les différences la voient comme quelqu'un de normal, parfois un peu étrange. Ceux qui sont enfermés dans des schémas très formatés se posent des questions à son sujet. Mais Leïla est habituée aux regards appuyés. Elle est métisse, sa mère est marocaine, son père indonésien, elle a le teint foncé mais pas vraiment, les cheveux noirs et bouclés mais pas vraiment frisés, les yeux très foncés mais plutôt bridés. Elle ne ressemble à personne. Et ce qui se passe à l'intérieur de son cerveau est encore autre chose.

Leïla commence à monter son histoire sur Talitha. C'est un exercice comme un autre. Elle a vraiment faim.

Elle ne peut manger que des aliments réduits en purée, du fromage cuit en tranches et du pain. Les autres goûts et certaines textures lui procurent des sensations insupportables. Mais d'abord elle doit lire. Elle possède la capacité de photographier une page d'un seul coup d'œil. Son œil gauche, qu'elle a orienté vers l'ordinateur de sa voisine sans tourner la tête, vient de lire le titre du texte que Talitha est en train d'écrire : *Mon rêve de crash*. Elle enregistre mentalement l'information, qu'un défaut d'analyse l'empêche de saisir intuitivement. Elle a l'habitude, elle va devoir prendre du temps, replacer cette phrase dans le contexte de la page.

Ce qui l'intéresse immédiatement en revanche, c'est d'apprendre que Talitha est une ancienne hôtesse de l'air. Leïla retient le sourire de satisfaction qui éclaire son visage, être assise à côté d'une professionnelle des avions est vraiment sa chance. Leïla a confiance dans sa propre faculté de persuasion, elle va convaincre Talitha de l'aider à pénétrer dans le cockpit.

Leïla est agitée, elle redoute les trous d'air et supporte difficilement de rester arrimée à un fauteuil. Ses membres s'ankylosent, les pensées affluent. Elle se sent agressée par l'écœurante odeur humaine qui imprègne les fauteuils, l'odeur particulière et intense qui n'épargne aucun avion. Elle jette un regard rapide sur les passagers dans la cabine : elle a une vision de veaux entassés dans un abattoir qui accentue sa nausée. Chaque traversée dégage des essences particulières, plus ou moins musquées, rarement florales, qui donnent des indications sur l'atmosphère générale. Celle-ci, à dominante animale, recèle quelque chose d'indigeste, un trouble obscur et sournois. Leïla se concentre, elle ferme les yeux pour évacuer l'appréhension.

Mais l'avion se met à bouger, à monter et descendre, on dirait un cheval qui hennit, qui secoue sa crinière pour se débarrasser d'un poids collant. Le commandant prend la parole, une légère clameur enfle parmi les passagers voisins. Leïla se rapproche de Talitha qui continue d'écrire comme si de rien n'était. Cette dernière lève la tête quand une main se pose sur son épaule gauche. Un grand sourire éclaire son visage à la vue de l'homme qui se trouve à son côté.

Il porte une chemise et pas de veste ; à la stature et aux galons cousus sur les épaules, Leïla comprend qu'il s'agit du pilote. Du copilote puisque le commandant vient de parler au micro. Il tangue un peu sur ses pieds parce que l'avion n'est pas stable, Leïla le trouve beau, aussi beau qu'un acteur de cinéma, brun avec des yeux verts, elle aurait aimé avoir les yeux clairs. Il a l'air de bien connaître Talitha, il est nerveux comme s'il lui confiait des secrets inavouables, puis il dit qu'il va retourner aux commandes parce que l'avion bouge, qu'ils se verront plus tard, au bar ou dans le cockpit. Il jette un œil machinal vers Leïla, il reçoit son regard comme un coup de couteau.

7. Cockpit

C'est lui qui a fait décoller l'avion. Le commandant se chargera de l'atterrissage, même s'il a fait semblant d'hésiter dans l'attribution des tâches. Il a regardé Saul en biais. Ce dernier n'est pas tombé dans le piège. Les commandants choisissent presque toujours l'atterrissage. Saul n'a eu aucun problème pour le décollage. Ses réflexes, son expérience, sa capacité de concentration fonctionnent mieux que sa pensée ou ses idées noires. Il a entendu le tintamarre familier des containers qui valsent dans les soutes avant le départ, le claquement des clapets qui se ferment, le son de chien qui aboie de la monopompe hydraulique permettant la vidange des toilettes. Il a savouré l'émotion provoquée par le bruit de tous les moteurs qui se mettent en action et les tremblements des trains d'atterrissage qui rentrent dans leur logement. Il a ressenti dans tout son corps la lutte de l'avion contre son poids pour parvenir à se redresser. Il éprouve le même plaisir, c'est presque de bonheur qu'il s'agit, lors de chaque décollage. Il a fait semblant de ne pas remarquer le regard de connivence du commandant quand il a tiré sur le manche avec énergie, pour augmenter la portance et éviter le décrochage, au moment où la vitesse était basse.

Saul ne veut engager aucune communication avec le commandant. Il ne peut écouter que cette voix qui lui parle. Elle n'est pas une nouveauté dans sa vie. Elle est apparue alors qu'il traversait, déjà, un épisode d'étrangeté, à l'orée de l'adolescence. Après la disparition de son père. Quand il a prétendu que quelqu'un lui parlait dans ses rêves, les psychiatres ont décidé qu'il fallait le soigner. Il a regretté de s'être confié, même en travestissant la réalité. Ils ont essayé d'éradiquer la voix avec un médicament, puis un autre, puis d'autres encore. Ils ont tué la voix. Et lui, il a perdu le goût de vivre. Il est devenu gros et il voulait tout le temps dormir. Il ne pouvait pas vivre sans elle. Il a dû ruser pour se débarrasser de ces cachets dont le nom commençait par un Z. Ils résistaient à la chasse d'eau. Il a dû prendre l'habitude de les broyer, les réduire en une poudre qu'il cachait dehors, dans le coin de la fenêtre de sa chambre, et faisait disparaître en soufflant dessus. Peut-être participait-il ainsi au traitement antipsychotique des oiseaux.

Il a repris figure humaine, les médecins se sont félicités de l'efficacité du Z. Ils ont peu à peu mis fin au traitement. Saul devrait régulièrement se soumettre à des examens de contrôle. Sa mère l'a laissé tranquille. Il était docile et souriant. Il a passé les tests de pilote sans jamais évoquer cet épisode. La voix l'a accompagné lors de ses examens. Sans elle il n'aurait rien pu entreprendre. Pendant des années, cette voix de radio nasillarde qui parle derrière sa tête a dirigé sa vie avec son accord.

Puis il est devenu indocile. Il s'est révolté contre la voix. Peut-être pour voir. Il a arrêté de l'écouter. Il a décidé qu'elle parlait pour ne rien dire. Elle était juste là en bruit de fond. Puis elle s'est mise à faire la gueule, elle s'est tue. Et lui est tombé au fond du trou.

C'est arrivé peu de temps après que ce jeune copilote allemand a précipité un A320 contre les falaises de la Tête de l'Estrop dans les Alpes-de-Haute-Provence, provoquant la mort de cent quarante-neuf personnes pour mourir lui-même. Saul s'est mis à penser au commandant qui n'avait que trente-quatre ans, aux six membres d'équipage, aux seize lycéens revenant d'un séjour linguistique en Espagne, à la contralto de trente-trois ans qui avait interprété Erda dans *Siegfried* de Wagner la veille du vol. Et à tous les anonymes, Allemands et Espagnols, qui se rendaient de Barcelone à Düsseldorf sans soupçonner qu'ils allaient vivre la fin de leur monde. Pendant huit minutes de descente à sept cents kilomètres/heure, toutes leurs vies ont défilé en accéléré jusqu'au choc final. A qui ont-ils pensé ? Que ressent-on à ce moment-là ? Saul a lu et entendu tout ce qui se disait en boucle sur ce sujet. Mais personne n'a parlé de la façon dont le corps se brise quand il est projeté contre la tôle. Est-ce qu'il explose ? Est-ce que la mort est instantanée ?

Les gens qui ne font pas ce métier ne peuvent pas comprendre. La pression à laquelle sont soumis les pilotes, les qualifications draconiennes spécifiques à Airbus, le besoin impératif d'appartenir à cette grande famille d'avions exceptionnels. Comme Saul, comme d'autres, le jeune pilote souffrait de turbulences intérieures. Comme eux, il a adopté des stratagèmes pour dissimuler ses failles. La jubilation qu'il a sans doute éprouvée à voir la mort arriver de face, le sentiment de toute-puissance qui donnait enfin un sens à son existence, son incapacité à ressentir culpabilité ou empathie ne donnent aucune explication à la folie de son acte. Saul a écouté les boîtes noires, entendu sa respiration, l'inspiration, l'expiration, calmes, normales, jusqu'à l'impact. Le choc final, la percussion contre la montagne.

A cette vitesse et avec le poids de l'avion, la queue de l'avion a rejoint la tête en 1/25e de seconde, une image subliminale réduite à un éclair au cinéma. Il n'y a rien à comprendre, il ne pouvait juste pas faire autrement. Il était prisonnier de lui-même, de l'ennui insoutenable qui rend la mort désirable. Ou encore, puisqu'il adorait la musique, peut-être souhaitait-il mourir à vingt-sept ans. Comme Janis Joplin, Jimi Hendrix, Jim Morrison, Jean-Michel Basquiat, Kurt Cobain, Amy Winehouse…

Saul s'est senti menacé. Aphone. Orphelin. Il s'est rendu chez le Dr M. parce qu'il ne voulait pas risquer un crash, mais il ne lui a rien avoué de tel. La voix est revenue. En disparaissant, elle lui avait signifié que son existence est précaire, que leurs destins sont liés. Que, à la manière de l'avion qui décolle, il doit lutter contre le déséquilibre. Il a compris que la voix est son maître.

Il est un très bon pilote et il le sait. Les trois galons cousus sur les manches de sa veste d'uniforme sont là pour le lui rappeler. Même si le commandant, à sa gauche, plus âgé, plus ancien, porte ses quatre galons comme un signe évident de sa supériorité, Saul n'est pas envieux de son statut, il éprouve de l'admiration pour les gens plus forts que lui. Il parle avec le commandant de navigation, du plan de vol, de technique, mais rien de personnel. Saul n'est pas intéressant. Et qu'y a-t-il à comprendre à ce secret enfoui au fond de lui ? Il sourit. L'instant d'après, il est envahi de sueurs froides à l'idée que plusieurs centaines de passagers confient leur vie à cette lourde machine dont l'un des pilotes est sorti du rang. Il sait pourtant qu'il est aussi facile de piloter un A380 qu'un avion de tourisme monomoteur. Il sourit encore. Le commandant le dévisage. Saul garde les yeux fixés sur la boussole positionnée sur le montant central du pare-brise. Et il rêve d'un monde où l'angoisse serait dissoute dans l'atmosphère.

Il a besoin d'absolu, de voler haut, loin, ailleurs. Le sol ne lui convient pas, la terre l'effraie. Il est passionné par l'alpinisme, les sommets dont on parle mais qu'on n'atteint pas ; la face nord de l'Eiger en plein hiver ; l'Annapurna au sommet duquel Maurice Herzog, qui un temps fut son idole, n'est sans doute jamais arrivé, exhibant des photos floues pour laisser planer un doute. Sa fille évoque un « mensonge de cordée », sujet que Saul connaît bien. Il y a six ans, il a grimpé vers le sommet de l'Everest, par l'arête nord-est de l'Himalaya, à la frontière entre le Népal et la Chine. Il n'a pas réussi à atteindre les sept mille neuf cents mètres d'altitude, la limite avec la zone de mort où on ne peut pas survivre plus de quarante-huit heures sans aide respiratoire, où le taux d'oxygène est trois fois inférieur à celui que l'on trouve au niveau de la mer. Il n'a pas supporté de croiser des corps devenus des balises sur la route, des corps jamais déplacés à cause du gel qui les maintient contre la roche. Un cimetière à ciel ouvert. Il lui restait mille mètres, mille petits mètres à gravir pour réussir enfin quelque chose dans sa vie, mais il n'a pas pu… Il n'a pas supporté la sensation de fin du monde quand l'air change de matière, se raréfie, qu'il faut économiser ses forces, ses mouvements, sa respiration, que l'on ne voit plus qu'un concept d'espace, le vide, l'immensité. C'est pourtant cette immensité qui lui fait sillonner le ciel.

Il est confronté à une forme de folie, mais il est aussi sain d'esprit. Il divague mais il est lucide. Il suit les fluctuations de la voix qui lui parle, elle ne lui donne pas d'ordres, c'est lui qui décide. Avec le commandant il est la personne la plus importante de ce vol. Peu importent les soucis des passagers, qu'ils soient heureux ou pas, leurs états d'âme ne pèsent rien. Il a le pouvoir de les anéantir, mais il sait qu'en ne cédant pas à l'obscure tentation de tout détruire, il deviendra leur sauveur, un héros connu de lui seul. Même si l'obsession d'être insoumis revient en boucle, accompagnée d'étranges manifestations physiques. Comme si son cerveau se dédoublait. Ce qui n'était pas le cas au début du vol. Sa pensée par instants, brefs mais intenses, se perd au milieu de bulles d'air qui gonflent puis se désagrègent, à la manière d'un gaz légèrement hilarant. Sa respiration est lente et bruyante, comme s'il s'apprêtait à ronfler ou s'éveillait d'un mauvais rêve. Sa vigilance vacille. Il tourne légèrement la tête vers le commandant, qui lui lance un de ces regards qui le paralysent. Les mots qu'il aurait peut-être prononcés s'échappent. Il se sent tomber du ciel. Mais le ciel l'enrobe, il va suivre son cap. Reprendre le contrôle. Le contrôle ? Et si c'était faux, si au contraire la perte de maîtrise autorisait la liberté ? Il part d'un grand éclat de rire. Le commandant l'interroge. Il ne répond rien. Il sourit.

Il sourit aussi parce qu'il est heureux d'avoir retrouvé Talitha. Il a lutté contre ses démons pour marcher jusqu'à elle. Il a prétendu qu'il allait se dégourdir les jambes. C'était juste avant les turbulences. Il a traversé le bar, monté les escaliers, essayé d'ignorer le monstre qui grondait en lui, affiché sur son visage le sourire auquel il s'est entraîné et qui donne le change. Il a oublié les mots qu'elle a prononcés, ne sait pas au fond si elle a dit quoi que ce soit. Il avait juste besoin de savoir qu'elle était là, qu'il n'était pas complètement seul.

8. Amour fou

Après cette rencontre inédite dans le vol long-courrier qui allait marquer ma vie, Ferdinand et moi, de retour à New York, avons arpenté la ville comme des forcenés. J'avais perdu la raison. Je suivais la cadence de ses pas. Je me collais à son ombre, celle qui se reflétait sur le bitume. Nous avons tout exploré. Broadway, off-Broadway, uptown, les musées, les galeries de Chelsea, downtown, le Village, son histoire, ses atmosphères, Brooklyn, ses ateliers... Ferdinand se surpassa. Il initia le tourbillon d'une vie où tout n'était que plaisirs, découvertes, rencontres, luxe, volupté. Je vivais une cavalcade de joie, un présent illuminé. Je n'avais jamais rien ressenti de tel.

J'avais commencé à me comporter de manière étrange à force d'être seule. Mon cerveau avait pris l'habitude de ne jamais s'arrêter de penser. Mes neurones étaient soumis à une danse qui suivait sans cesse la même route. De la terre vers le ciel, du ciel vers la terre. Je n'avais pas grand-chose à dire aux autres.

Ce qui émanait de Ferdinand était irrésistible. Chuchoté dans des phrases qu'il commençait et que je terminais. C'était un esthète qui évoquait les choses avec douceur sur la pointe des mots. Je n'avais rien, je n'étais rien. J'étais fascinée. Une jolie feuille facile à cueillir. Mais je n'existais, je ne ressentais ma réalité physique que si je restais près de lui. Si je m'en éloignais, s'il esquissait un mouvement pour se dégager de moi, si au fond il exprimait l'envie de respirer, je me repliais en moi-même comme si la feuille se fanait.

Pendant quelque temps nous avons habité l'hôtel Algonquin près de Times Square. Un lieu historique, discrètement rénové, où se retrouvaient les écrivains depuis les années 20. Tout me plaisait, la façade Renaissance en briques rouges, l'atmosphère du bar avec ses fauteuils en moleskine, la mémoire, les légendes.

Nous avons vécu là. Nous nous sommes connus là. Je n'ai jamais aimé avec une telle intensité. Sa peau. Ses épaules. Ses mains. Ses cheveux. Son visage. Ses lèvres. Sa langue. Ses épaules encore. Son odeur trop forte. Ses mains. Ses épaules. Ses bras. Son souffle. Ses mots. La tempête.

Et puis son regard. Les yeux vert émeraude qui brillaient puis fondaient quand ils me fixaient, noyaient les miens dans les siens, miroir d'un amour fou. Il était mon univers et me le faisait comprendre. Il n'aimait que moi. Il avait allumé ma vie.

Il me serrait à me briser. Il me fascinait. Je l'aimais.

Je m'envolais. Puis je revenais l'aimer.

Après des mois de bonheur sans faille, quelque chose devint bancal. Des signes d'impatience, d'intérêt qui décroît, le regard fixe, ou fuyant. Le ton cassant, injuste. Il passait beaucoup de temps au téléphone. Des soucis de famille. Il devait rentrer en France. Un jour, il vint m'attendre à l'aéroport de La Guardia, alors que je revenais d'Albuquerque, Nouveau-Mexique. C'était un moment où j'effectuais des rotations sur les lignes intérieures américaines.

Je repérai de loin cet homme bizarre enveloppé dans une parka trop grande, penché en avant, une capuche sur la tête, qui marchait lentement, on aurait dit un serial killer qui rôde. Je le reconnus lorsqu'il arriva à ma hauteur, sans bruit. Je sursautai. Il m'avait fait peur, son regard était mort. Sans même me saluer, il me fit une critique étrange sur le temps infini que je passais dans les avions, je l'abandonnais alors qu'il avait tant fait pour moi. Un état de confusion m'envahit. Je me sentis coupable. Je refusai de voir le mal. Je lui dis de partir, que j'étais engagée sur quelques vols, que je le rejoindrais en France.

En réalité je me racontais des histoires ; je supportais mal sa présence à terre, je le trouvais sans épaisseur. Alors que lorsque je volais je le portais aux nues. J'en étais arrivée à préférer les moments où il me manquait à ceux où nous étions ensemble.

De France, il me bombarda de messages depuis très tôt le matin jusque tard dans la nuit. Il m'écrivait qu'il n'avait jamais aimé autant, qu'il était perdu sans moi. Je ne dormais quasiment plus. J'étais épuisée par la fatigue du manque qui se superposait à celle des nuits blanches et des décalages horaires. Une sorte de glu me collait à la peau, il me semblait que je pesais une tonne, est-ce que je l'aimais vraiment ; je pensai à ma mère, à la fusion avec ma mère, qui était si légère.

En France, Ferdinand partageait son temps entre deux lieux qui lui appartenaient, à lui et à sa famille.

Il y avait d'abord un minuscule studio à Paris, accroché dans un angle de mur comme un bateau, à l'intérieur d'une cour romantique et délabrée où trônait une sorte de bonsaï géant. L'immeuble, qui avait abrité des entrepôts de textiles au début du siècle dernier, était situé dans une impasse du 11e arrondissement, en face d'une crèche accueillant les petits du quartier. Il avait été restauré de bric et de broc, à l'économie, et évoquait pour moi les vestiges d'un vaisseau sinistré. La lumière se frayait avec difficulté un passage à travers cet espace encombré où toute idée de tailler l'arbre central avait été abandonnée. La famille de Ferdinand, au sujet de laquelle il faisait régner un flou bien étudié, s'agissait-il de son père, sa mère, sa sœur, une indivision, je ne l'ai jamais su, avait hésité entre faire des travaux et vendre. A force d'hésiter, ils avaient dû se résigner à louer en créant des parcelles approximatives, dont les baux furent soumis à la loi de 1948. Les locataires, ceux qui n'étaient pas encore morts et payaient des loyers dérisoires, étaient pour la plupart des vieillards impotents abrités sous des toits qui fuyaient et menaçaient de s'effondrer. Quand j'ai rencontré Ferdinand, la mairie commençait à exiger la démolition. D'autant que des squatters avaient envahi le rez-de-chaussée et que des migrants allaient suivre, c'était la hantise du voisinage. La seule trouée d'air dans cet univers kafkaïen provenait du babillage des enfants de la crèche.

L'autre lieu, qui appartenait à son père et qu'ils habitaient ensemble, était un ancien moulin datant du milieu du XIXe siècle situé en Bretagne, dans le sud-ouest du Finistère, non loin de la pointe du Raz. C'est là qu'il était né trente-trois ans plus tôt.

Cela fut étrange pour moi de découvrir un décor inconnu et hors du temps. Je n'étais jamais vraiment sortie des grandes villes où m'emmenaient mes voyages. Je connaissais mieux la campagne de l'Etat de New York ou de la Californie que celle de la France. Les falaises abruptes qui se découpaient autour du moulin étaient aussi accueillantes que des mâchoires de chien de garde. Un promontoire rocheux surmonte la baie des Trépassés sur laquelle veille la statue de Notre-Dame des Naufragés. Des noms engageants, un univers fait sur mesure pour les marins au long cours. Ferdinand avait supporté l'austérité de son enfance grâce à la voile, et tout ce qui ressemblait à un espace évoquant le bateau lui semblait plus enviable que la vraie vie. Mais comment supporter l'hostilité de l'environnement, le vent qui soufflait si fort qu'on en était réduit à regarder la mer, la mer qui battait le granit avec une telle violence qu'on finissait par espérer le bruit du vent ?

Ferdinand avait atterri dans la pollution de New York pour respirer autre chose que des embruns. Le moulin breton qui tombait en ruine aurait pu être magnifique, mais l'absence d'humanité le rendait sinistre. Pendant longtemps, je n'avais rien su de mon étrange amoureux, qui cultivait le secret sur ses origines, son emploi du temps, sa vie tout court. Peu à peu j'avais décodé des bribes de l'histoire familiale. Ferdinand vouait à sa mère, morte quand il était à peine sorti de l'adolescence, le culte d'un enfant qui serait resté irrésistible pour toujours. Elle semblait avoir placé son fils en avant comme un bouclier protecteur contre le père infidèle et pervers ; il était ainsi devenu l'enfant que tout le monde regardait et admirait. Ferdinand détestait son père devenu hémiplégique à la suite d'un AVC. Il détestait ce père âgé qui avait méprisé et trahi sa mère issue d'un milieu modeste alors que lui-même avait des origines plus évoluées bien que campagnardes ; et il détestait ce père rentier dont il dépendait financièrement. Le grand-père paternel, ingénieur, avait fait fortune grâce à des brevets déposés qui continuaient d'alimenter sa descendance. C'est pourquoi, personne n'avait exercé de véritable métier dans la famille. Mais beaucoup de prétention émanait de ces rentiers qui tenaient à conserver l'apparence de grands seigneurs. Tout dans cette vaste demeure meublée comme au XIXe siècle, avec de nombreux sièges inconfortables qui se faisaient face dans des pièces de réception glaciales, respirait le vide et le mensonge.

Quand Ferdinand poussait le fauteuil roulant de son père, que ses belles épaules étaient voûtées mais qu'il arborait un sourire d'enfant de chœur, il avait l'air d'un gendre idéal que même Rastignac aurait désavoué tant la caricature était embarrassante. Cette image obséquieuse de bonne éducation me dérangeait profondément malgré tout l'amour que je lui portais. Je découvrais, à travers cet héritier dominé par un père tyrannique qu'il ne pouvait ni admirer ni rejeter, les charmes d'une bourgeoisie provinciale qui se situaient aux antipodes de la non-éducation bohème que m'avaient prodiguée des parents chaleureux et peu conformistes. Une vague de mélancolie me submergea. Je ne me sentais pas à ma place, dépendante d'un amour pour un homme au sujet duquel j'avais toujours eu des soupçons. Je ne pouvais m'empêcher de repenser à la mise en garde de Bérénice. Je me demandais si on pouvait revenir régénéré de la maladie du soupçon, comment on faisait pour se réconcilier avec un amour qui devenait de plus en plus flou. Où était passé l'être plein d'idées folles et poétiques que j'avais rencontré il y a quelques mois ? L'excentrique qui m'avait tant attirée n'était-il qu'un bourgeois ennuyeux ?

Je n'envisageais pas de le quitter, même si je faisais fausse route dans cet endroit glauque où rôdait la mort. Un vaste étang entouré d'une forêt de cyprès s'étendait non loin de la demeure principale, et la distraction favorite de Ferdinand consistait à tirer à la carabine sur… les canards sauvages et les ragondins. Je le trouvais cruel, j'essayai de lui en dire quelques mots. Il me lança un regard d'acier. Il me dit qu'il était temps que j'arrête de voler, de jouer les séductrices de haut vol, les femmes de ménage en uniforme arpentant les allées étroites des avions.

D'une voix blanche je dis que je ne savais rien faire d'autre. Si, je savais aussi perdre mon temps à écrire, des futilités, des choses qui ne servent à rien, ajouta-t-il brutalement. Je n'étais pas intéressante, je recherchais le ciel pour m'évader, je ne pensais qu'à moi. Quelque chose de visqueux pénétra ma peau, un goutte-à-goutte de honte, une sensation de souillure infiltrée jusque dans mes veines, une répulsion envers moi-même, comme si une maladie infecte m'était tombée dessus. Pour la première fois j'éprouvai une sensation de danger, une menace d'engloutissement, l'éternité s'arrêtait là.

Mon prochain vol était prévu trois jours plus tard. Je n'étais pas sûre de tenir jusque-là. Je me sentais comme un bouchon flottant sur un tsunami. Mais je n'avais pas encore tout à fait le courage de le quitter ; je me méprisais d'être aussi lâche. Il s'était fait opérer de la myopie pour ne plus porter de lunettes, il souffrait et me demanda de rester. La veille pourtant il était en pleine euphorie, se contemplant sans cesse dans le miroir, s'extasiant sur ce visage qu'il prétendait découvrir. Pour la première fois, je le trouvai moins beau, les traits affaissés, sans relief, ordinaires.

Il était si content de lui qu'il invita à dîner les faux châtelains qui habitaient à proximité. Il fallait que tout le monde l'aime. Je n'étais pas vraiment en état de supporter ces gens bien-nés qui vivaient dans une maison de famille délabrée sans gagner leur vie, qui allaient à la messe tous les dimanches pour y récolter les potins locaux. A table, j'ai engagé une conversation avec mon voisin, un vieil ami de Ferdinand qui avait débarqué au dernier moment sans prévenir. C'était un médecin plutôt dynamique, barbu et les cheveux poivre et sel en bataille, qui buvait beaucoup, et se préparait à quitter la France pour monter une association humanitaire en Afrique. Il revenait d'une année qu'il avait passée sur un bateau à traverser l'Atlantique en solitaire, une année sabbatique. Je demandai alors à Ferdinand si ce genre d'expérience ne le tenterait pas. Mon voisin, qui s'appelait Philippe, précisa que Ferdinand aimait réparer des bateaux anciens pour leur redonner vie et faire des régates ; une activité sportive et généreuse, ajouta-t-il, pourquoi tenter le diable et risquer un naufrage ?

Sur le ton de la plaisanterie, Philippe, qui était passablement éméché, me suggéra de l'accompagner dans son prochain voyage. Ferdinand quitta la table brutalement. Philippe fut pris d'une quinte de toux et se leva à son tour. Mon autre voisin qui ressemblait à un étudiant d'école de commerce sorti de chez les Jésuites se pencha légèrement vers moi en murmurant « Amber ». Je le regardai sans comprendre, il triturait nerveusement sa serviette de table, il avait les cheveux gras et le teint luisant. On me mit au courant. Amber avait été la compagne de Philippe avant de devenir la femme de Ferdinand. Sans doute la raison pour laquelle il y avait toujours eu une rivalité entre les deux hommes.

Plus tard je reconstituerais l'histoire. Ferdinand avait été marié à Amber qui était originaire d'Alsace, comme sa mère, issue d'un milieu modeste, comme sa mère. Elle avait essayé de créer au moulin des journées musicales où peu à peu elle avait réussi à attirer des musiciens classiques reconnus. Elle-même était pianiste, ce qui expliquait peut-être la silhouette du piano à queue évanouie sous une housse grisâtre dans le salon. Avec le temps, Amber était devenue de plus en plus étrange, avalait des kilomètres à pied avec les chiens, jouait en boucle, les yeux exorbités, le Concerto n° 2 de Rachmaninov. Puis elle traversa une période de ménage intensif, où elle briquait tout à l'eau de Javel. Elle organisait des dîners qui se terminaient mal, Ferdinand et elle s'injuriaient, on prétendit même qu'Amber avait essayé de tuer son mari avec un couteau japonais en céramique. Elle fit plusieurs tentatives de suicide aux médicaments ou aux détergents. On parlait d'elle comme d'une morte, mais elle était juste devenue folle, et on l'avait internée dans une institution psychiatrique.

C'était donc cela le secret qui avait transformé Ferdinand en un ermite diabolique. J'insistai auprès de Philippe pour obtenir plus de détails. Selon lui elle était tout à fait normale au début. Puis sa mythomanie avait pris le dessus. Elle s'était inventé une famille aristocrate que jamais personne n'avait rencontrée, pour la bonne raison qu'elle n'existait pas. Amber venait de la DDASS, ce qui avait provoqué toutes sortes d'acrobaties au moment de réunir les papiers du mariage. Ferdinand n'avait pas pu reculer, parce qu'Amber était enceinte. L'enfant était mort au bout de six mois de grossesse. Amber tomba dans une dépression. Et Ferdinand s'enferma dans un mutisme agressif. Amber racontait à qui voulait que Ferdinand lui avait inoculé le virus du malheur, qu'il était un monstre. Je me dis qu'elle avait peut-être raison. Ce lieu portait tous les atours de la malédiction.

Il sentit qu'il allait me perdre et se transforma à nouveau en ange, celui des débuts à New York, il retrouva sa beauté, son humour, sa tendresse. La passion. Il me dit à quel point il comptait sur moi, mais pas que je pouvais compter sur lui. Je me sentais loin, ailleurs, étrangère à cet homme en quête de sensations, pas d'émotions, qui prenait mais ne donnait rien. Et j'assistais à sa fascination pour la décadence. Bien qu'une forme de grâce subsistât en lui, il était en train de la gâcher comme le reste, parce qu'il ne savait pas faire autrement. Il se plaignait d'avoir été meurtri par la vie. Moi, je savais qu'on n'est meurtri que par soi-même.

La veille de mon départ, un soir particulièrement glacial, il était enveloppé dans une sorte de couverture péruvienne dont les teintes vives avaient passé avec le temps. Il me dit sans me regarder *tu es ma dernière chance*. Je le vis alors tel qu'il était : un croque-mort, ou plutôt un mort qui croquait les vivants. Quelqu'un qui aimait le mal plus que le bien. J'avais gardé le sens de la survie. En silence et en secret, je fis dès le lendemain une demande pour voler sur l'Asie. Le plus loin possible.

9. Baby

Tapie contre le dos de son fauteuil, Marie Ange pense à Talitha. Elle est flattée que cette beauté mélancolique l'ait remarquée et surtout lui ait fait quelques confidences. Emue aussi, son cœur bat vite, ses mains sont moites. Elle ne connaît personne qui ressemble à Talitha. Une ancienne hôtesse de l'air qui écrit dans les avions simplement parce qu'elle aime voler, c'est pour le moins inhabituel. Elle qui ne s'est jamais sentie vraiment à sa place, et surtout dans un avion, est éberluée par cette rencontre. Pour conquérir son destin, elle a travaillé dur, relégué ses angoisses au placard, souri plus qu'il ne fallait. Elle a toujours envié les hôtesses de l'air, qui se déplacent sur des coussins d'air, exhalent un charme qui séduit tous les hommes. Et voici que ce monde très fermé s'ouvre à elle, qu'elle y pénètre sans l'avoir demandé. Elle jette un regard rapide autour d'elle, les passagers s'endorment, anonymes, tandis qu'elle veille dans une obscurité propice aux secrets. Tout à coup elle se sent distincte de la masse, elle a l'impression d'avoir été choisie comme une élue ; elle rêve d'accueillir Talitha dans sa nouvelle vie. Elle se concentre, elle vit un rêve, elle est aux anges.

Sur ce vol qui l'emmène à Singapour, Marie Ange se sent légèrement à l'ouest, même si elle se rend vers l'est. Elle n'a pas encore tout à fait réalisé qu'elle a quitté ses racines, son pays, la France. Elle va s'installer dans un appartement refait à neuf situé à quinze minutes en voiture de son bureau dans la zone franche, proche de l'East Coast Park, dans un condominium de Marina Bay, tout confort, avec piscine sur le toit et activités variées. Ainsi, elle profitera d'une végétation luxuriante et de la mer. Et elle passera une partie de son temps libre à l'aéroport Changi, conçu comme une ville du futur, un immense salon de très grand hôtel que l'on visite comme une curiosité contemporaine, tant on y a imaginé de loisirs affriolants. On y est accueilli par une *Kinetic Rain*, une pluie de gouttes de verre de Murano qui dansent la farandole et vous ouvrent une voie royale vers le bien-être dans tous ses états. La beauté, la gourmandise, le plaisir des sens, la culture.

Et elle ne sera pas seule. Elle a son chien. Baby, c'est son nom. Son bébé, son ange. Un chihuahua pour lequel elle a eu un coup de foudre après une histoire d'amour foireuse, comme toutes ses histoires d'amour. Une minuscule boule de poils qui lui a immédiatement semblé être la rencontre idéale. Petit, léger, mignon, irrésistible. On le met dans son sac, le vôtre ou le sien, il ne prend aucune place, et il vous accompagne dans tous vos déplacements. Nettement moins dérangeant qu'un vrai bébé. Marie Ange sourit. Transporter Baby est un jeu d'enfant. Du moment qu'il pèse moins de cinq kilos, il échappe au voyage en soute. Et il est tellement bien élevé – rien à voir avec ces enfants insupportables qui hurlent dans les avions et qu'on a envie de tuer – qu'on ne remarque pas sa présence. Il reste dans son sac, allongé sur son duvet en plume coupé à ses mesures, attentif aux marques de tendresse de sa maîtresse, des caresses et des mots doux chuchotés tout contre son oreille, auxquels il répond par un grognement dévorant de béatitude. Il ne sent pas le chien ; Marie Ange est aussi exigeante qu'elle est maniaque. Toujours tirée à quatre épingles, ce qui implique de ne pas céder aux éventuels accès de paresse causés par des crises de tristesse, elle a fait de son chien le reflet de sa forme éblouissante. Les poils de Baby, quotidiennement lavés et brossés, sont aussi doux que des cheveux d'ange. Et leur odeur de « toujours propre » vient des couches New Baby de Pampers, le modèle taille 1 pour nouveau-nés de deux à cinq kilos, parfumées avec une lotion à la vaseline sans alcool adoucie par un extrait d'aloe vera, qu'elle lui serre autour du bassin grâce à des attaches extensibles pendant les voyages. Mais Baby est si discipliné qu'il tient le plus souvent toute une traversée sans souiller sa couche.

La seule ombre à ce tableau idyllique de quasi-maternité assumée entre Marie Ange et son chien est la question de l'avenir. Tout aussi minuscule qu'il soit, il tient une place prépondérante dans la vie de sa maîtresse, qui ne peut s'empêcher de penser que deviendrait-il sans moi, pour ne pas se poser la question inverse. Cette inquiétude, qui peut virer à l'affolement en avion, l'oblige à consommer des anxiolytiques qui expliquent son regard légèrement vitreux, mais, contrairement aux effets annoncés, la rendent hyperactive. Titulaire d'un diplôme d'infirmière, qu'elle a obtenu au moment où ses souhaits d'avenir étaient encore flous, Marie Ange a parfaitement confiance en elle en ce qui concerne le traitement de l'anxiété. Si les symptômes dépassent le supportable, elle est capable de se piquer discrètement, en intramusculaire, dans la cuisse, les intraveineuses plus délicates à pratiquer étant réservées aux très rares moments où pointerait le désespoir. La connaissance parfaite de l'état de son équilibre nerveux procure à Marie Ange une hyperlucidité. Grâce à quoi elle a appris à reconnaître en avion l'origine de tout bruit suspect, diverses sortes de détails techniques, les petits secrets que s'attribuent les grands voyageurs avec la complicité du personnel de bord, qui souhaite avant tout être agréable et rassurant. Et elle bouge, remue, range, observe…

C'est son rituel pour lutter contre la peur. Dans un premier temps, elle adapte son plein d'énergie au diapason de l'explosion que représente le décollage. Puis, elle le sait, c'est inéluctable, elle devra combler le vide du temps qui s'écoule lentement, au rythme du réservoir de carburant qui s'allège. Régler ses turbulences personnelles sur celles de l'avion. De manière à ce que l'atterrissage coïncide avec l'apaisement, la résolution de ses conflits intérieurs. Eh oui, l'équilibre ne s'acquiert qu'au prix d'une discipline de fer. C'est pourquoi Marie Ange passe autant de temps à faire le point.

Si elle est plutôt fière des résultats qu'elle a obtenus pour se construire une vie digne de ses aspirations, elle est consciente que ses relations affectives laissent à désirer. On ne peut pas gagner sur tous les tableaux. Elle ponctue cette évocation d'un chavirement de l'œil vaguement nostalgique, bien qu'elle s'efforce de penser que la nostalgie n'est rien d'autre qu'un apitoiement sur soi.

Avant de décider de s'expatrier, elle avait rencontré un simulacre de prince charmant, oh, elle n'en attendait pas une révolution, il y a longtemps qu'elle a compris que l'océan de différences entre elle et les hommes est insurmontable, mais celui-là lui plaisait plus que les autres, même si elle a senti assez rapidement que l'affaire n'irait pas loin. Il était marié, comme tous ses amants – ce n'est pas qu'elle les recherchât, mais c'est peut-être ce qu'elle méritait, elle ne rencontrait jamais d'homme libre –, il n'avait l'air de rien, ni beau ni moche, ni grand ni petit, le contraire d'une menace, au mieux du matériau à façonner, et surtout ils venaient du même monde, ce qui la faisait se réjouir intérieurement. Ils s'étaient croisés sur le stand d'un exposant belge dans une foire de mobilier contemporain très pointue. Ils avaient engagé la conversation, au prétexte qu'il venait d'emménager dans un grand pavillon de la banlieue sud de Paris et qu'il désirait le meubler avec du beau pour oublier la façade en meulière. Mais surtout pas de tape-à-l'œil, il voulait bien avoir l'air de tout sauf d'un nouveau riche. Ils étaient sur la même longueur d'onde. Il travaillait dans un groupe de presse people, prétendait être journaliste, elle le voyait plutôt comme un commercial, un beau parleur qui avait toujours quelque chose à vendre. C'est ce qui l'amusait chez lui. Quand Marie Ange risquait un œil dans les magazines qu'il lui apportait, ils lui tombaient des mains comme des torchons ; elle n'avait quasiment jamais entendu parler d'aucune des stars qui s'y pavanaient. Mais il assurait que le groupe allait redorer son blason avec le lancement d'un magazine culturel qu'il était chargé de créer. Il parlerait d'elle, de son goût exquis.

Marie Ange est à la fois sensible à la flatterie et cruelle. Elle ne se transforme en femme-objet que si elle le décide. Et elle connaît le chemin très facile qui mène les hommes vers le nirvana et vous les attache, au moins le temps d'une saison. Il lui plaisait parce qu'il avait du charme et qu'elle le trouvait comique, ce qui n'est pas la moindre des qualités quand on sait à quel point certains clients des magasins d'antiquités sont à mourir d'ennui. Elle était séduite par son côté mariole décontracté avec du bagout, et même du vocabulaire, un rien précieux. Au moins il s'était donné du mal pour paraître chic. Il avait plein la bouche de mots distingués qui rimaient avec les beaux quartiers, mais à elle Marie Ange, on ne la fait pas. Quand on naît plouc, comme elle, quand on a grandi à proximité du périphérique, même si on essaie de faire faubourg Saint-Germain avec un blazer bien coupé et des bottines cirées, il y a toujours quelque chose qui cloche. La classe, on naît avec ou pas. Talitha, sous ses airs de blonde mélancolique, pourrait s'envelopper dans n'importe quel haillon, elle aurait l'air d'une princesse. Tandis que Marie Ange aurait beau claquer une fortune pour se déguiser en bourgeoise de longue date, il y aurait toujours un bout de banlieue qui dépasse avec l'ourlet. C'était aussi le cas de son nouvel amoureux, même s'il avait appris à dissimuler sa gouaille derrière des couches de sophistication bien vernie. Il prétendait être né dans la plaine Monceau, cause toujours, acquiesça-t-elle en son for intérieur, il n'y a pas de mal à se faire du bien en s'inventant des origines confortables. De toute façon, la vérité, on la repère de loin.

Il n'y a pas que l'apparence dans la vie. Ils s'amusaient bien ensemble, se livraient à des joutes verbales, qui provoquaient d'inénarrables fous rires. Mais Marie Ange n'est pas née de la dernière pluie. Elle sait rester légèrement en retrait dans toute occasion de réjouissances. Sa spontanéité n'empêche pas une observation simultanée. Elle a appris à se méfier de ceux qui ont la critique facile et dénigrent les autres pour ne pas parler d'eux-mêmes. Monange, c'est le surnom réciproque qu'ils s'étaient donné, n'était pas loin du diable. Il était un virtuose en matière de scuds fielleux balancés sous des airs angéliques, et Marie Ange sut dès le départ qu'elle serait un jour victime de ce travers.

Ils atterrirent dans le même lit, entre des draps en satin dans un somptueux cinq-étoiles et s'envolèrent vers le septième ciel dans une extase partagée. Ces deux-là étaient faits pour s'entendre, avait tout de suite pensé Marie Ange avec un zeste d'appréhension. Mais la vie est bien faite. Un détail tempéra ses ardeurs : elle qui s'était fendue de dessous en dentelle discrète et de grande marque se retrouva à batailler avec son slip à lui, un slip très ordinaire en nylon couleur chair ; pas un de ces élégants boxer-shorts qui lui semblait le minimum de la bonne éducation. Elle fut déçue, mais décida d'en sourire, tandis qu'elle savourait le roman-photo qu'elle concoctait. Elle ne s'ennuyait pas, loin de là, elle était tout à fait capable de dissocier le plaisir de l'esthétique. Et il l'attendrissait, elle aimait son odeur, son absence d'odeur. Il sentait juste bon, pas l'odeur virile qu'on lit dans les livres et qui vous fait soi-disant grimper aux rideaux. Non, il sentait bon comme un enfant. Le genre d'aparté, pensa-t-elle, qu'on ne peut pas confier à un roman-photo, trop intime, vaguement grotesque. Elle s'habitua au slip en nylon, en fit un jouet, une source de caresses et de plaisirs. La sexualité chez lui était un art, disait-il. Il prenait le désir pour un sentiment, alternait les mots doux et les mots crus, était expert dans la tendresse sauvage, savait rendre Marie Ange sexy.

Ils passaient de plus en plus de temps à l'hôtel, se nourrissaient au room service, plusieurs fois il regarda la note de plus près en fronçant les sourcils. Mais elle ne l'invita jamais chez elle, pour ne pas engager une intimité qui mènerait à la déception ou l'ennui. Pourtant elle s'attachait à lui. Il devenait beau pendant l'amour. Il lui murmurait qu'il ne s'était jamais senti aussi bien avec quelqu'un. C'était aussi ce qu'il écrivait dans des SMS à d'autres monange sur un portable dont Marie Ange avait relevé le code d'accès.

Il était plutôt très libre dans son emploi du temps pour un homme marié. Elle lui posa quelques questions, simple curiosité. Monange avait commencé à tromper sa femme dès le lendemain du mariage. Il n'avait jamais pu résister à l'attrait qu'il exerçait sur la gent féminine, prétendit-il. Il avait toujours mené plusieurs relations de front. Et le mensonge, tu fais comment avec le mensonge ? Il avait regardé Marie Ange en biais. Et avait énoncé, le visage pénétré et la voix grave : mon problème c'est que je suis trop intelligent, sans doute le truc le plus bête que Marie Ange eût entendu de sa vie. Elle avait éclaté de rire dans le lit aux draps de satin. Il avait réitéré, l'œil courroucé qu'elle puisse mettre en cause la profondeur de cette confidence. Elle s'était dit que si le ridicule tuait il serait pulvérisé. Que c'était juste un cave, une coquille vide recouverte de peinture, un menteur pathologique avec une empathie en carton. Comme son père, qui prenait son cerveau reptilien pour son âme. Qui, dans sa folle équipée vers la libération sexuelle, s'était mis au tai chi, lui imposant la vision pathétique d'un homme mûr esquissant des pas de danse avec la grâce d'un hippopotame, sous prétexte d'atteindre la connaissance divine. Un vague haut-le-cœur lui avait permis de réprimer le fou rire nerveux qui s'annonçait. Puis elle s'était dit qu'après le principe de plaisir venait celui de réalité. Et elle avait pensé avec soulagement à son joli appartement, son nid bienveillant où elle n'aimait rien tant que traîner dans des sous-vêtements Calvin Klein en coton bio, et regarder une série à la télé, *House of Cards* était sa préférée, en mangeant une glace caramel au beurre salé.

Du jour au lendemain, Monange devint officiellement un fake, elle le sortit de sa vie, le bloqua sur son téléphone, le rendit indésirable sur son adresse mail. Marie Ange se sentit solidaire des femmes trompées, battues, bafouées. Elle avait apporté sa pierre à l'édifice, jeté à la poubelle un profiteur qui guignait un rabais sur les meubles de prix, un minable qui entassait les conquêtes pour remplir le vide de son existence sans jamais être effleuré par le mal qu'il pouvait faire, un connard qui pratiquait le taoïsme pour conserver une vigueur sexuelle déclinante, un petit mec qu'elle visualisa comme un chien qui lève la patte.

Elle se mit alors en quête d'un vrai chien. Et accueillit dans sa vie son Baby si affectueux qui repose à ses pieds dans son sac, frais et joli comme un cœur.

La tête contre le hublot, au-dessus des nuages, dans ce gros avion pacifique, Marie Ange contemple la distance mise entre elle et son don Juan de pacotille. Si elle est honnête, elle doit reconnaître qu'elle est triste, infiniment triste, bien plus sentimentale qu'il n'y paraît. Monange lui colle à la peau, il ne se passe pas une heure dans la journée sans qu'elle pense à lui, sans que son cœur batte trop vite ou qu'elle éprouve un immense sentiment de manque et de gâchis. Elle se demande pourquoi elle est toujours attirée par des hommes peu fiables, des hommes-enfants qui n'ont pas grandi ; elle devine qu'elle est elle-même restée à un stade d'enfant, que toute une partie du voyage vers l'âge adulte lui a échappé. C'est peut-être pour rattraper ce temps perdu qu'elle recherche l'énergie de rompre avec la souffrance et de s'envoler vers la réussite.

Les yeux brillants, la gorge serrée pour retenir les hoquets qu'elle ne laissera pas passer, elle sourit bravement à la vie qui danse devant ses larmes, sur un chemin d'étoiles.

10. Ecrans

De l'œil gauche, orienté vers l'ordinateur de Talitha, Leïla vient de lire une allusion à un croque-mort qui croque les vivants. Elle a saisi qu'il s'agit d'une histoire d'amour, elle se dit que sa voisine est bien compliquée.

De son côté, Talitha s'étire, se glisse hors de son fauteuil en contournant la tablette sur laquelle repose l'ordinateur. Une fois debout, elle passe la main dans ses cheveux, se tourne vers Leïla qui semble dormir mais perçoit en réalité tous les gestes de Talitha. Laquelle se penche pour la regarder de plus près, voit ses yeux rouler sous les paupières, s'apprête à lui caresser la main. Leïla se redresse, ouvre les yeux, esquisse un sourire figé, elle déteste qu'on la touche, elle dit : j'ai faim. Deux syllabes prononcées lentement, d'une voix grave, incongrue. Talitha marque un temps d'arrêt. Elle marmonne que ce manuscrit lui tape sur le système, qu'elle va faire un tour et rapporter les plateaux du dîner, dont l'horaire est passé depuis longtemps. Sur le point de ranger l'ordinateur, elle se ravise ; je vous le confie, dit-elle, puis : attention on fait parfois de drôles de rencontres dans les avions.

Leïla suit des yeux Talitha qui se dirige vers l'office de la classe business dont le rideau est ouvert. De loin, elle la voit engager la conversation avec Cheryl, la jolie hôtesse brune qui porte des talons hauts. Leïla trouve les uniformes élégants. Sa mère porte souvent des tailleurs bleu marine stricts et bien coupés qui la rendent à la fois mystérieuse et anonyme.

Puisque Talitha lui a confié son ordinateur, Leïla n'éprouve aucune gêne à s'en emparer. Elle ne s'embarrasse pas de sous-entendus, de consignes complexes ou de préjugés. Fouiller dans la vie privée de sa voisine est juste un moyen d'en savoir plus sur le monde en général. Elle doit faire vite. Talitha va revenir avec les repas. Le plus rapide est de transférer toutes les données sur son propre ordinateur, un PC pas plus grand qu'une tablette mais très sophistiqué, compatible Mac, rangé dans un sac sous son siège. Leïla sourit. Elle est la fille d'un diplomate important, d'origine indonésienne, en poste à Singapour. Un père qui a toujours encouragé son goût pour les maths et la physique et qui recherche pour elle des bijoux de technologie, que l'on trouve plus facilement en Asie. Grâce à lui, grâce à ses prédispositions à elle pour comprendre les raisonnements abstraits là où les gens « normaux » ne voient que le désordre, elle a atteint un très haut niveau dans le numérique. Elle n'a pas eu besoin d'apprendre. Elle a toujours su. C'est comme ça, elle comprend les ordinateurs directement, à l'intuition. C'est pareil pour les réseaux téléphoniques, les moteurs de voiture, les télés, les aspirateurs, les formules mathématiques. Elle sait qu'elle est différente, qu'elle aura du mal à trouver un boulot classique quand elle aura terminé ses études, elle a un rêve, devenir hacker, pirate professionnel dans son domaine, qui se situe bien au-delà de l'informatique.

Elle est obsédée par les écrans. Elle a un rêve, aujourd'hui, cette nuit, c'est d'entrer dans le cockpit. Elle le sait, c'est interdit. Elle veut juste voir le poste de pilotage, les manettes des commandes, le transpondeur, les boutons lumineux ; et surtout les écrans, tous les écrans. Pas pour la magie, le ciel ne l'intéresse pas, elle veut juste comprendre la technique. Elle veut comprendre comment on dirige la vie des gens.

Leïla est aux aguets, en quête d'indices, toujours. Elle échafaude des plans. En bougeant à peine, elle ouvre l'ordinateur de Talitha, accède à la page Word ouverte, copie sur une clé USB le dossier d'où elle est extraite. Talitha n'utilise pas de code pour accéder à ses données, ce qui rend la manipulation très facile. Quand elle veut entrer dans l'ordinateur de son père à Singapour, c'est plus complexe, parce qu'il change sans arrêt de code. Mais elle possède cette relation aux chiffres qui lui permet de les reconnaître, de les identifier, au simple son des touches sur le clavier. Ensuite, en un seul coup d'œil, elle lit et mémorise tous les détails.

Leïla prend l'avion plusieurs fois par an pour retrouver ce père intermittent. Il est affectueux, semble toujours heureux de la voir, l'installe, les installe, lui et elle – sa mère ne vient pas, leur couple n'existe pas, ou alors il est un mystère –, dans des suites d'hôtels luxueux avec piscines turquoise de formes variées, plages au sable fin, matelas confortables et kyrielle de bars et restaurants.

Elle connaît déjà beaucoup de pays, mais ils ne sortent jamais des hôtels, comme s'ils devaient rester confinés dans le luxe. Elle s'ennuie ferme mais n'a jamais osé le dire. Et l'ennui donne le temps d'échafauder des plans. De s'entraîner au hacking. D'enregistrer des données, de les manipuler, d'entrer dans la vie de son père. Elle a constitué sur lui un dossier important. Elle le garde de côté pour l'utiliser si un jour il a besoin d'elle. Elle a compris qu'il exerce une activité souterraine et dangereuse, qu'il n'est pas un ambassadeur comme les autres, mais plutôt un espion haut de gamme.

Dans un deuxième temps, elle déchiffre, ce qui est une opération plus difficile pour elle, qui n'a pas le même talent dès lors qu'il s'agit d'éprouver, d'entendre la musique d'un mot, d'embrasser une atmosphère. Cet abstrait-là n'est pas le sien.

Leïla ne ressent pas, elle sait, ce qui n'est pas facile à vivre et l'éloigne des autres. Des pensées profondes gambergent dans son cerveau relié à des décodeurs virtuels qui lui permettent de résoudre des énigmes invisibles. Malgré les apparences, elle n'est pas du tout sûre d'elle, elle penserait plutôt qu'on lui a arraché un gros morceau de confiance en elle. Alors elle avance, avec parfois le cœur lourd d'un poids dont elle ne connaît pas la nature mais qui lui donne envie de s'endormir et de ne pas se réveiller.

Pour l'heure, assise de côté, tournée vers le hublot, les genoux remontés presque jusqu'au cou, elle parcourt les pages de Talitha sur sa tablette, à une vitesse impressionnante. Tous les sièges sont dans le noir, hormis quelques trouées de lumière qui évoquent des constellations perdues, éclairant faiblement les passagers qui dorment, enveloppés dans des couvertures, bercés par le vrombissement feutré du moteur. Elle doit faire vite, se concentrer sur les indices essentiels, l'histoire d'amour elle s'en fiche, mais toute la connaissance des avions, ça c'est important.

Leïla se lève, elle a besoin de se dégourdir les jambes. Elle marche jusqu'au bout du couloir, s'approche du grand écran situé près de la queue de l'appareil, qui diffuse en temps réel des vues magnifiques de l'avion en train de poursuivre son vol à la manière d'un épervier géant, ses larges ailes déployées sur un monde fantôme. Fascinée par les images, elle sent d'un coup une fatigue immense lui tomber dessus.

Elle regagne lentement sa place, s'empare de son casque audio, relié à sa musique personnelle. Elle ne peut pas écouter la sélection proposée dans l'avion à cause du bruit, certains sons vrillent dans sa tête comme une fraise de dentiste, la douleur alors peut la rendre folle. Elle a préparé un choix très étudié à l'intérieur d'un répertoire classique, avec une prédilection pour le clavecin, surtout pas de violon. Leïla s'immerge dans un concerto de Bach. En même temps elle se lance dans des exercices de calcul mental, son toc préféré pour retrouver le calme. Puis elle déroule une mince ficelle usée qui entoure son poignet gauche et la caresse entre les doigts de sa main droite, très doucement, en fermant les yeux ; c'est le doudou auquel elle s'accrochait quand elle était petite, le fil qui reliait son monde à celui des autres et qu'elle conserve comme une relique miraculeuse.

Talitha est revenue avec le plateau spécial de Leïla commandé avant le départ. Leïla aborde sa purée avec de drôles de gestes, comme si elle reformait un château de sable après chaque bouchée. Elle devine que Talitha l'observe. Incertaine de ce qu'elle éprouve, elle fait un effort intense pour s'évader dans ses pensées. Talitha pose sa main sur son épaule. Leïla se dégage brutalement. Elle a peur que cette voisine lise dans son cerveau ou lui parle. Talitha se saisit de son ordinateur sagement posé sur son siège, puis se dirige vers l'arrière de l'avion.

Leïla entend la voix du pilote préciser que l'avion survole l'ouest de l'Iran, que l'on approche de la moitié de la traversée, qu'une zone de turbulences s'annonce, qu'il faut retourner à sa place et boucler sa ceinture. Elle a besoin de bouger. Elle ne supporte pas d'être cloîtrée. Elle transpire, pose son plateau sur le sol, le renverse en partie, range sa tablette, lève les yeux vers le petit écran situé devant son siège. Un point lumineux se déplace dans la nuit, c'est l'avion qui suit sa trajectoire. Leïla ressent une chaleur liquide l'envahir et diffuser quelque chose de doux en elle, son corps se détend. Elle ne quitte pas l'écran des yeux. L'idée de pénétrer dans le cockpit s'impose, l'attire comme un aimant.

11. Yeux sombres

Marie Ange a suivi, interloquée, le manège de la jeune métisse du siège 80L, tapant sur son écran comme une possédée, collée à l'ordinateur, tout en faisant défiler les pages de celui de Talitha qu'elle a copiées sur une clé USB à une vitesse accélérée. Juchée sur la pointe des pieds – elle regrette d'avoir retiré ses chaussures, les chaussettes synthétiques fournies par la compagnie glissent –, Marie Ange est à peine visible. La plupart des passagers dorment. L'éclairage minimal des veilleuses individuelles LED, qui simule le jour ou la nuit selon les heures, répand un halo qui voile sa silhouette, elle est une présence floue. Ella a pris une photo, puis deux, puis trois, de ce spectacle inattendu, des photos qui ne seront pas nettes à cause du manque de lumière, mais tiendront lieu de preuve. Elle doit avertir Talitha, la mettre en garde, la protéger de cette jeune fille anormale.

Elle a juste le temps de se décaler sur le côté, puis de s'asseoir précipitamment, au moment où Leïla repose l'ordinateur de Talitha sur le siège voisin, puis se dirige vers le fond de l'avion. Marie Ange laisse passer deux minutes, elle compte lentement jusqu'à cent vingt, puis tourne discrètement la tête vers l'arrière. Et elle voit la jeune métisse, debout, de dos, fine liane éthérée, se balancer d'un pied sur l'autre, sorte de vision flottante en quête d'équilibre, contemplant l'écran géant qui fait défiler des images de l'A380 traçant sa route dans la nuit. Au-dessus des montagnes turques qui dominent la mer Noire, que l'on devine si on connaît le trajet. Une nuit qui s'annonce blanche pour quelques-uns des passagers.

Marie Ange en est certaine, elle est témoin d'une aventure folle qui pourrait donner lieu à un roman-photo inédit. Elle a déjà pris des clichés de Talitha, qui a quitté sa place depuis quelque temps, trop longtemps. Sa blondeur mélancolique lui manque. Elle éprouve la nostalgie d'une amitié imaginaire qui aurait commencé à naître entre elles. Elle l'a bien observée, difficile de lui donner un âge, elle est encore jeune, trente-cinq ans maximum, mais on sent que la vie ne l'a pas épargnée. Elle a l'air un peu illuminée aussi, comme souvent les femmes qu'on croise dans les avions et qui ont acquis une étrange patine à force de voyager seules. Qui ont été façonnées par des histoires qu'elles digèrent en mettant des kilomètres entre elles et le monde. Des femmes volantes. Interchangeables, intersidérales peut-être, pas vraiment là, pas vraiment ailleurs. Marie Ange n'est pas familière des passions amoureuses, elle n'en a jamais inspiré aucune qui soit digne de ce nom, pense-t-elle avec un léger vague à l'âme. Mais elle est capable de se les représenter par procuration, ayant toujours veillé à mettre entre elle et la souffrance une distance de sécurité. Marie Ange est intuitive. Elle a compris que Talitha a souffert. Une femme aussi belle a forcément aimé et été trahie. Pour Marie Ange, les amours véritables sont des contes et légendes d'éternité, des passions qui font rêver parce qu'elles sont destructrices et impossibles. Les autres, celles de la majorité silencieuse, comme celle de ses parents basée sur le mensonge, sont insipides et pathétiques. Elle n'est pas passée loin d'un dangereux fiasco avec Monange, dont le beau visage continue de l'émouvoir, mais dont l'âme noire et intéressée lui arrache un tremblement. Le temps fera son œuvre, elle reprendra en main son gouvernail intérieur.

Quand les turbulences annoncées par le commandant se seront calmées, Marie Ange partira à la recherche de Talitha. Elle doit la mettre en garde. Pour l'instant, elle n'en mène pas large, bouclée dans sa ceinture, accrochée à son siège. Elle redoute les secousses qui s'annoncent, en particulier les turbulences de sillage où l'avion semble soumis aux vibrations du cycle essorage d'un gros lave-linge. Les mains moites et les jambes tremblantes, elle remet son destin à quelque puissance supérieure, elle qui ne croit en aucun dieu, mais on ne sait jamais, priez pour moi, implore-t-elle en silence dans les trous d'air. Et ça marche ; en général suit une légère accalmie, ce qui l'a rendue superstitieuse.

Le temps d'avaler une pilule miracle, la tension se relâche, et le signe *Détacher sa ceinture* s'allume. Les turbulences n'ont pas duré. Marie Ange n'oublie pas qu'elle a une enquête à poursuivre. Elle remet ses chaussures avec une grimace, passe sa main dans ses cheveux pour leur donner du mouvement, dans l'avion elle n'utilise pas de laque à cause du dessèchement de l'air, souligne ses lèvres avec un gloss hydratant. Et, sur la pointe des pieds, ce qui ne sert à rien mais c'est un réflexe, telle une détective de l'espace, elle se dirige vers les sièges avant. Elle veut voir de près à quoi ressemble la voisine de Talitha. Cette dernière, qui est totalement absorbée dans la contemplation de l'écran lui faisant face, tourne soudain les yeux vers elle. Des yeux noirs, sombrement allumés et perçants. Un regard venu de la nuit des temps, un laser sans lumière. Des yeux qui font peur. Marie Ange éprouve une sensation de danger, qui la cloue sur place. Pour se donner une contenance, car elle ne peut pas rester là à regarder cet inquiétant ovni, elle avance tout droit vers la classe business.

Au bout de quelques pas, elle s'arrête net. Baby ! Elle a oublié Baby ! Elle fait demi-tour, rejoint sa place en courant, soulève le sac comme un trésor, ne surtout pas le réveiller, mais ne jamais le laisser seul. On croise toutes sortes de gens dans les avions. Elle jette un regard soupçonneux vers l'avant, la jeune fille est toujours fascinée par son écran. Marie Ange s'assoit, le cœur battant. Elle perçoit une inquiétude inhabituelle sourdre en elle. Elle remet à plus tard son intention d'aller faire un tour au bar. Elle redoute de louper une marche en descendant l'escalier. A nouveau, elle se demande où est passée Talitha, qui lui manque comme la reine sur un échiquier.

Baby remue dans son abri, elle se contente de bercer le sac. Elle se sent molle, faible, sans courage. Elle ferme les yeux, tente de faire le vide. Elle se dit que c'est elle qui est vide, des larmes montent, elle pense à Monange, elle pense à son maquillage qui risque de couler. Des images floues voltigent derrière ses paupières fermées.

12. Au bar

L'homme sans âge voit la femme blonde descendre l'escalier. Elle est grande, se tient droite, regarde devant elle, la bouche entrouverte, comme si elle hésitait à sourire. Et puis non elle ne sourit pas. Il la trouve belle. Elle baisse les yeux vers la dernière marche, qu'elle franchit d'une démarche un peu dansante, vient appuyer son dos et ses coudes contre le bar. Elle est vêtue d'une longue jupe ornée de motifs géométriques indiens, dont le bas évasé est bordé de franges qui n'atteignent pas tout à fait les boots en lézard foncé. Ses longs cheveux blonds sont masqués par un châle qui enveloppe ses épaules. Elle est une étrange apparition dans cet avion assoupi. On distingue au loin, en direction de l'avant de l'appareil, des passagers figés dans des positions plus ou moins confortables telles des momies sur des photos instantanées.

Il la regarde sans détourner les yeux. Il est dans l'ombre. Elle est lumineuse et ne le sait pas. Si elle le savait, elle serait insupportable. Il sourit en lui-même. Il a connu de nombreuses femmes. Il est toujours comme ça, en retrait. Il est assis dans l'un de ces recoins où deux sièges se font face, de l'autre côté du comptoir. Il est insomniaque, alors il appuie sa tête contre la paroi de l'avion, et il laisse filer le temps, que parfois il remonte dans une rêverie. A cet instant précis, il regarde la femme blonde.

Il a perdu l'habitude de ce genre de beautés classiques, celles du Nord, qu'il trouve souvent trop lisses et affectées. Elle est différente. Elle regarde dans sa direction, sans le voir, elle est pensive. Il est familier des physiques plus marqués, plus foncés, plus mélangés. Il est lui-même issu d'un croisement de plusieurs ethnies indiennes, il a les traits fins et forts à la fois, le nez droit, la bouche encore très dessinée. Il n'a pas les lèvres minces des vieux. Mais ses traits sont marqués, fatigués.

Elle vient de poser son regard sur lui, puis a détourné la tête d'un mouvement rapide. Elle ne veut pas le voir, elle ne veut voir personne. Il repousse ses cheveux en arrière, une masse grise striée de mèches foncées et d'autres blanches qui tombent sur ses épaules en boucles lâches, et dégage ses yeux. Des yeux d'une couleur bronze, une teinte qui se serait délavée, un regard qu'on dirait antique dans un beau visage émacié. Il est anormalement beau. Mais si fragilement inscrit dans l'espace que quelques coups de crayon suffiraient à en dessiner les contours. Oui, il y a en lui une transparence figée, quasi hiératique, comme s'il se trouvait à un fil de la disparition.

Talitha, bien sûr c'est elle qui est descendue du pont supérieur, s'assied sur un tabouret du bar. Elle est passée par la classe business, pour se cacher de Marie Ange qu'elle trouve trop bavarde. Elle sourit au barman qui lui fait un clin d'œil, complicité de vols fréquemment partagés. Le tabouret voisin du sien est occupé par une jeune femme brune qui commande un gin tonic. Sa voix résonne bizarrement dans le faux silence. Son ordinateur est posé sur le comptoir. Elle dévisage discrètement Talitha, qui grignote des amandes. La jeune femme brune a l'air hagard, des cernes sombres bordent ses yeux noirs, elle tape sur son clavier avec tous les doigts, comme les jeunes cadres voyageuses habituées de l'Asie qui travaillent en avion. Le barman les surnomme les Hashtags. Hashtag 1 lui dit qu'elle a une réunion dès son arrivée à Singapour. Elle n'est pas prête, elle est angoissée, elle n'en peut plus des décalages horaires, mais elle n'a pas le choix, ajoute-t-elle dans un rire un peu grinçant, c'est une course, la concurrence. Elle commande un autre gin tonic. Elle jette un œil vers l'intérieur de la classe business dont le rideau est ouvert. Si on a l'ouïe fine, on peut entendre deux de ses collègues de travail pianoter avec urgence sur le clavier de leur ordinateur. On dirait qu'elles courent après le temps pour essayer d'y caser un parcours acceptable. L'une d'entre elles, Hashtag 2, précise le barman, se lève et marche dans le couloir, à la limite extérieure des sièges devenus lits sur lesquels sont allongés les passagers qui dorment ; un casque audio sur les oreilles, elle s'entraîne à réciter son intervention prévue dès l'atterrissage avec une voix cassée qui s'accorde au ronronnement du moteur. Un effort qui rend son regard hypnotique, révèle la fatigue extrême des vies gagnées en sillonnant le ciel, qui se perdent à force de nuits blanches. Mais le fait de lutter contre le déséquilibre devenu quotidien la galvanise. Elle se dirige vers sa collègue assise au bar et commande, elle aussi, un gin tonic.

Talitha aime la compagnie de ces jeunes femmes qui sont de plus en plus nombreuses sur les vols vers l'Asie, l'un des fiefs incontournables de la mode et de la beauté. Elles se qualifient elles-mêmes d'influenceuses et des dizaines de milliers de followers suivent leurs comptes sur les réseaux sociaux. Souvent responsables de l'e-réputation d'une marque, elles sont des prescripteurs recherchés, des as du marketing et de la communication qui travaillent à cent à l'heure dans une spirale qui les rend exsangues mais les passionne. Leur besoin de reconnaissance est tel qu'elles vont jusqu'à se réjouir des stupidités qui inondent leurs comptes. C'est le prix à payer pour décrocher un job. Elles dépensent une énergie stupéfiante à détecter les tendances de l'air du temps. Certaines d'entre elles, les slasheuses, mènent plusieurs activités de front. Ce sont pour la plupart des jeunes femmes créatives qui redoutent la routine et jonglent habilement avec différentes casquettes, en faisant disparaître les frontières entre la sphère privée et le travail. Talitha se sent bien en leur compagnie parce qu'elles ne s'attardent pas sur des états d'âme. Elles vont de l'avant. C'est le rêve de Talitha, qui s'est promis de sortir libre de cette traversée, débarrassée de la nostalgie et des regrets.

L'homme sans âge a suivi le manège des femmes du bar. Il est attiré par la grâce de Talitha. Il laisse son esprit graviter autour de l'aura qui émane d'elle. Il pense à la « lente flèche de la beauté » qu'évoque Nietzsche. Il envie sa beauté, mais surtout il la ressent. Il en perçoit le ricochet, le cadeau empoisonné qu'elle représente, quand les gens se figurent que beaucoup de bonheur y est attaché. Il sait, lui, que la beauté rend débiteur et dévoile les recoins sombres de l'âme.

Talitha devine qu'il a été très séduisant. Il est dissimulé dans l'ombre, elle aimerait le voir de près, s'est-elle dit en descendant l'escalier. Mais elle a tourné la tête parce qu'elle se méfie de toute rencontre. Il lui fait penser à son père, elle ne sait pas pourquoi cette comparaison lui a traversé l'esprit, ils n'ont rien en commun. Peut-être est-il le genre de père qu'elle aurait aimé avoir. L'idée lui plaît. La plupart du temps, elle n'a pas d'avis sur les autres. Ce qu'elle a écrit à propos de Ferdinand a sans doute réveillé des vieux fantômes. Le passé, le doute, la peur.

Ferdinand a resurgi récemment dans sa vie ; elle l'a revu mais chasse cette image, elle n'a pas envie d'y penser pour l'instant. Elle est encore vulnérable, à fleur de peau, elle avance au ralenti. Mais elle trouvera le temps de terminer l'écriture de leur histoire avant l'atterrissage, pour s'en débarrasser, quitte à passer une nuit blanche.

Elle sent que l'homme mûr pose les yeux sur elle, mais elle feint de ne lui prêter aucune attention, à force d'écrire elle ne sait plus parler, à force d'être seule elle ne sait plus qui sont les autres. Et puis elle hésite, elle a comme une impulsion, ou une intuition : si elle tourne le dos, si elle ne lui accorde aucun regard, si elle ne va pas vers lui, alors le temps va passer et disparaître.

Elle est sur le point de se diriger vers le cockpit, pour voir le ciel de plus près, pour saluer ses compagnons de vol, les pilotes qu'elle n'a jamais perdus de vue, les témoins de sa vie chaotique qui l'ont vue grandir et resteront ses complices. Elle n'a pas oublié ses amitiés de jeunesse. Elle sait qu'elle va croiser Bérénice à Singapour et elle est infiniment heureuse à l'idée de la retrouver.

Elle offre avant de s'éloigner vers l'avant de l'avion un sourire timide à l'homme sans âge, avec une pensée qui lui traverse l'esprit, celle de se concentrer sur une possibilité de rencontre, pas une rencontre sentimentale, ou forcée, une simple disponibilité, une façon de mettre à l'écart une confusion timorée, depuis des années elle navigue dans la crainte de l'autre, là elle ressent un désir minuscule de s'ouvrir aux prémices d'un rêve éveillé.

13. Cockpit

Dans la famille de Saul, on n'exprime pas ses émotions, on ne parle jamais de qui on est, on ne parle surtout pas de vie heureuse.

C'est pourquoi il a fait comme s'il ne souffrait de rien. Pour la façade, il a sauvé leur rêve. Il n'a pas touché sa femme depuis plus de dix ans, mais ils partagent le même lit, parce que c'est mieux pour les enfants. Il ne supporte plus ce mensonge, il ne supporte plus que sa femme soit devenue sa mère. Il s'est cloîtré lui-même dans une prison de conventions pour ne pas faire de vagues. Passer la moitié du temps dans le ciel lui procurait des illusions de liberté. Il a occulté ses peurs, mais aussi sa lumière et le fond de lui-même pour un confort illusoire. Il a ignoré la souffrance, la sienne et celle des autres. Il a banalisé toutes les douleurs, pour se faire croire à lui-même qu'il était quelqu'un de lisse et respectable. Il ne peut plus se regarder dans le miroir sans espérer qu'il s'agisse de quelqu'un d'autre.

Il éprouve un besoin d'amour si douloureux que son corps entier lui fait mal. Il est saisi de bouffées de vertiges qui risquent de nuire à sa vigilance. Il ne peut pas se reposer uniquement sur le pilote automatique. Il lui faut des yeux pour voir, une tête pour penser, un corps pour être fort, un mental pour croire en lui. Etre aussi irréprochable qu'un sportif de haut niveau. A la manière d'un défi, son cœur a surgi de nulle part. Il s'est mis à battre, comme s'il étouffait dans le carcan dont il est enveloppé. A battre de plus en plus fort, jusqu'à lui donner des sueurs froides. Il était urgent qu'il réagisse. Qu'il sorte de sa prison intérieure.

Il y a quelques mois, il s'est tourné vers les réseaux sociaux. Il lui a fallu du courage. Mais il ne se sentait plus capable d'avoir recours aux geishas des hôtels du bout du monde qui laissent un goût de mort après l'amour. Il est devenu « ami » avec des femmes qu'il n'avait jamais vues de sa vie. Il a commencé à les *liker,* puis les a regardées avec plus d'attention, est entré dans leurs vies par effraction ; c'est devenu une occupation à plein temps quand il n'était pas en train de voler. Il s'est abonné à leurs profils, il a construit le sien dans l'ombre avec son pseudonyme : *une étoile qui danse.* Il n'a jamais publié un texte ou une photo sur sa page, il s'est contenté d'être un voyeur de la vie des autres. Il prenait, et il attendait, tapi dans son mystère, que se manifestent les Josiane, Rosalie, Marilyn, Linda et les autres, avec leurs annonces alléchantes : *Sympathique, je ne désire que connaître le vrai amour… J'aime les balades en bord de mer, je suis à découvrir… Je suis une fille sincère, sérieuse, fidèle aux gens que j'aime… Hôtel ou paradis ? Les anges m'observent, c'est toi qui réserves…*

Comme par enchantement, le désert de sa vie affective a cédé le pas à un donjuanisme inattendu. Il a été débordé par son succès. Il a été vaguement déçu que les rendez-vous soient tarifés, qu'il s'agisse de call-girls d'un type nouveau. Mais enfin il était aimé. Enfin il était touché. Enfin il renouait avec le plaisir. Il avait cessé d'être un robot. Ses « amies » se ressemblaient toutes, ni grandes ni petites, ni grosses ni maigres, sans aspérité. Pas de pin-up surtout, des étudiantes esthéticiennes ou infirmières, une identité passe-partout, et l'anonymat absolu. Heureusement il est père de fils, il aurait eu honte que ses nouvelles conquêtes aient l'âge de ses filles.

Il est devenu un professionnel du mensonge, passant d'une vie à l'autre avec un sourire béat et un calme olympien. Pendant un temps il s'est adapté à ce nouveau lui-même avec facilité, la rencontre de ces âmes sœurs a apaisé son cœur. Et puis le poison est revenu ; il s'est lassé de ces parodies d'amour, de payer pour être heureux, du sexe obligatoire, des sensations fugitives, il a eu envie d'amour gratuit. Il avait renoué avec son corps, il ressentait l'urgence de découvrir son âme, d'être sûr qu'il en avait une, que le désir ne se limitait pas à son assouvissement, à cette petite mort qui est toujours la même, qui engendre une frustration d'émotions véritables. Il a eu besoin de quitter la surface des choses, d'aller vers une profondeur comparable à celle que lui procure la beauté du ciel, une profondeur qui englobe sa solitude.

Alors peu à peu il s'est enhardi, il a voulu être plus humain. Ces filles, il les a traitées avec beaucoup d'égards, il n'a jamais éprouvé de mépris pour elles, bien plutôt de la reconnaissance. Elles l'ont aidé à retrouver confiance en lui, à imaginer qu'il avait un pouvoir d'attraction.

Aucune d'entre elles n'avait le sentiment de se livrer à une activité dégradante. Elles avaient choisi ce genre de relation qui combine l'utile et l'agréable pour être indépendantes. Au début il y a cru, il a cru à l'empathie qui circulait entre elles et lui, il a cru que ces moments de douceur étaient vrais, il a même éprouvé un certain optimisme, une forme d'euphorie. Il a eu envie de les sortir de leur condition, de rendre leur vie plus attrayante en leur donnant des conseils, en échafaudant pour elles des activités plus variées. Jusqu'au jour où l'une d'entre elles, sa préférée, celle qui s'appelle Rosalie, est sortie de ses gonds. Il croyait qu'elle était la plus sensible, elle est devenue d'une violence extrême, elle n'avait pas besoin d'un père, le sien l'avait violée et rouée de coups, ça suffisait comme ça, « mais tu te prends pour qui, je donne et tu payes, je ne t'ai rien demandé d'autre ». Elle avait ajouté j'ai choisi d'être une femme objet pour être libre, pas pour perdre mon temps avec un mec paumé.

Abasourdi, il est parti comme un voleur. Il s'est senti humilié, incompris, perdu, détruit, désorienté. Lui qui est capable de faire atterrir un avion comme une fleur n'a pas réussi à encaisser ce choc. Quelque chose s'est brisé en lui, la voix qu'il entend est devenue rauque, son regard apeuré. A la seule évocation des mots barbares de Rosalie, de sa colère froide, ses mains deviennent moites, son regard est vitreux, il voit flou, son attention se trouble. Les pores de sa peau exsudent sa lâcheté. Et bien sûr le commandant trouve son comportement suspect. Il lui propose de faire une pause, l'heure du repas est dépassée, Saul n'a pas pris le sien. Chaque pilote doit manger de manière alternée, et des menus différents, afin de minimiser tout risque d'empoisonnement.

Mais il reste scotché à sa manette, incapable de se lever. Le pilote mécanicien est debout derrière lui, prêt à le remplacer. Tout s'est figé, tout est statique, même le vent a perdu son souffle, s'est transformé en acouphènes dans ses oreilles, un bruit strident qui l'empêche d'entendre, un bruit qui a le son du diable. Ses tympans se bouchent. Ne plus entendre. Le frottement de l'air sur la carlingue et les ventilateurs font un bruit dément. Il réussit à attraper sa bouteille d'eau, à boire au goulot, il doit lutter contre l'air trop sec, contre le manque d'oxygène dû à la pression atmosphériquc. Il respire. Il étouffe. Il ne sait plus où il en est.

Il est dans un rêve. De quel cauchemar s'agit-il ? Les voix et les bruits se superposent, un magma sonore résonne autour de lui. Le commandant le regarde. Talitha est dans le cockpit. Quand il l'a connue il y a longtemps, sur d'autres vols, il la regardait, la trouvait belle, elle était blonde et l'est toujours, peut-être même la désirait-il, il ne désire plus personne ; elle ne le voyait pas, fixait un point au-dessus de sa tête, il était transparent déjà. Talitha n'est plus hôtesse, mais elle continue d'errer dans les avions. Elle est entrée sans qu'il la voie ni l'entende. Ils parlent, se parlent entre eux, il entend des morceaux de voix, et même des rires, s'adressent-ils à lui ? Il va péter les plombs. Il est accroché à ses sidesticks, il déploie un effort surhumain pour ne pas appuyer sur les pédales au sol qui agissent sur la gouverne de direction. Il a les yeux rivés sur le pylône, la zone centrale située entre le commandant et lui, il distingue pêle-mêle les calculateurs de bord, les leviers de manœuvre des aérofreins, ceux des volets, les boîtiers de commande des radios, le frein à main. Il voit tout, mais ne sait pas qu'en faire. Il se sent au bord de l'explosion. La terre tremble sous ses pieds, alors qu'il est à plus de dix mille mètres en l'air. Ses jambes s'agitent de manière incontrôlable. Il va tomber, s'étaler de tout son long, perdre sa licence. Le commandant le regarde, de la sueur perle à son front. Il est inquiet, ne sait pas comment se comporter. Il sait qu'il doit agir, il a l'intuition que quelque chose de grave risque d'être commis, qu'il en sera responsable. Pourtant Saul suit de manière irréprochable le cap qu'il a tracé. Son entraînement prend le dessus sur son désordre intérieur. Il ressent une douleur insupportable, mais la vie continue, mécanique.

Il est en train d'atteindre le point où sa perte de contrôle est si insupportable qu'il s'en dissocie, devient deux personnes. L'une avance, l'autre suit.

Talitha le prend par le bras et l'emmène. Il se retrouve hors du cockpit. Il se précipite dans les toilettes. Ses mains tremblent, il ne trouve pas son pénis, devenu si microscopique qu'il est obligé de s'asseoir pour uriner. Il attrape à grand-peine une mignonnette de vodka cachée dans sa chaussette. Et il reste là, comme un fou volant intermittent, un somnambule naviguant au gré des vents dominants, à attendre que le monde décide pour lui.

14. Anil Shankar

Dans son recoin, l'homme sans âge semble perdu dans un songe, on le distingue à peine parce que la veilleuse n'est pas allumée. Il est devenu un adepte de l'obscurité et de la lenteur. Depuis le temps qu'il voyage d'un bout à l'autre du globe, il ne court plus après aucune ombre, aucune chimère, il se blottit à l'abri de ses pensées intimes. Il a abandonné les cuirasses, choisi de se guérir grâce à ses images intérieures. Guérir est un grand mot, il est atteint d'une maladie incurable, un cancer du pancréas, qui a été découvert trop tardivement pour tenter l'opération. Il a supporté stoïquement les douleurs persistantes au niveau du dos derrière l'estomac, a attendu de perdre totalement l'appétit avant de se résoudre à consulter. Il a décidé de refuser tout traitement. Il a juste accepté la pose d'un tube qui facilite la circulation de la bile et le transit des aliments. Parce que les nausées l'empêchaient de penser.

Il n'a pas peur de la mort, n'éprouve aucune tristesse à l'idée de sa venue, à son âge ce n'est pas un drame, il est prêt à penser que vivre sa mort sera l'expérience la plus exaltante de sa vie, qu'il aura peut-être cette chance, être présent jusqu'à l'instant de l'absence définitive. Il en est là, au bout du chemin, avec l'espoir pas seulement de pressentir la fin, mais de la ressentir en profondeur. L'âge venant, il est devenu poreux, perméable, vulnérable dans le sens où sa fragilité s'est muée en force ; il capte les émotions, la lumière, les autres, qui sont devenus des motifs d'amour. Il a enfin réussi à quitter cette partie d'humanité qui trompe, qui ment, dans laquelle il ne pouvait plus supporter d'être relégué. Il avait beau se sentir au-dessus de la mêlée, se persuader qu'il valait mieux que l'image renvoyée par ses actes, il n'était rien d'autre qu'un banal tricheur. Aujourd'hui, du temps a passé, tout est vaste, il n'a plus rien à prouver, il est enfin humain. Prêt au dernier voyage.

Il se sent bien dans l'avion, comme dans un ventre familier, dont il retrouverait la sensation d'éternité. Un lieu clos et ouvert à la fois, où s'entremêlent des gens qui ne se connaissent pas mais sont confrontés à la proximité. Ce lien qui le protège tout en le laissant libre est de même nature que celui éprouvé dans l'ashram de Tiruvannamalai qu'il a quitté il y a peu de temps. Un lieu où il est à la fois seul et ensemble, et dont il se sent habité par la dimension sacrée, non qu'il fasse référence à la religion, mais plutôt au silence qui lui permet de vivre sa vie secrète. C'est là qu'il a appris à affronter les choses qui le blessent, qui lui font de la peine, qui sont peut-être tout ce qu'il a au monde. Lorsqu'il a marché, grimpé au sommet de la montagne sacrée d'où la vue sur le Tamil Nadu est majestueuse, il a en quelque sorte visualisé la place minuscule qu'il occupe dans le monde des apparences. Et il s'est plus tard senti soulagé d'être assis par terre en tailleur, l'appétit éveillé à la vue du simple riz blanc agrémenté de légumes bouillis offert aux adeptes sur une feuille de bananier.

Anil Shankar, c'est son nom, a passé la première moitié de sa vie l'esprit obnubilé par l'argent et le pouvoir, par une soif de reconnaissance dévastatrice qui aurait dû le rendre infréquentable. Il rêvait chaque nuit d'applaudissements, son ego était si encombrant, si peu intéressant, si insatisfait qu'il s'exprimait en aboyant comme un chien furieux. Il était fort en apparence, redouté, admiré, doué d'une exceptionnelle capacité de travail ou d'agitation qui le rendait aveugle à autre chose que lui-même. Il avait créé des journaux, des chaînes de télévision, des agences de communication, où des équipes de jeunes loups créatifs travaillaient dans la terreur et l'urgence. Entre New York, Tokyo, Londres, Paris et l'Inde, son pays d'origine, celui qu'il s'apprête à rejoindre pour terminer sa vie, après une halte à Singapour où il devra mettre ses affaires en ordre. Transmettre à ses enfants les œuvres d'art qui restent de sa fortune dans la zone hors douane du port franc. Puis il regagnera l'ashram du sud de l'Inde où il a prévu de disparaître.

Il se remémore par fragments le souffle qui l'animait quand il était beau, riche et célèbre, sa phase de monstre. Il lui a fallu une vie presque entière pour abandonner le devant d'une scène qu'il occupait avec arrogance sans jamais se remettre en question. Il était sensible à la beauté des femmes qu'il avait réduites à des objets de désir avec une perversité qui, sur le tard, le taraude. Il avait la vie affective d'un séducteur qui multiplie les conquêtes et s'en lasse sitôt qu'il est parvenu à ses fins, avant, même, comme si les sensations éphémères qu'il recherchait avaient fini par lui brûler le cœur. Il s'est marié trois fois en pressentant que jamais il ne serait loyal, la loyauté étant alors pour lui l'apanage des faibles, ceux qui n'osent pas. Il avait tout, la gloire, la beauté, la renommée, et devinait pourtant le fond du gouffre dans lequel il s'apprêtait à tomber. Il attendait la chute qu'il avait fini par désirer. Il aurait pu incarner la grandeur et la décadence d'un héros déchu dans un thriller à gros budget.

Il acceptait d'être jalousé pour ce qu'il semblait être, envié pour ce qu'il possédait, même s'il n'était dupe d'aucune flatterie, mais le regard des autres lui permettait de s'éloigner de lui-même. Il avait grandi avec certaines valeurs qui s'étaient volatilisées dans sa quête de pouvoir.

Il se souvient que, lorsqu'il était enfant, les autres avaient du poids dans ses sentiments, il s'ingéniait à faire plaisir à ceux qu'il aimait, notamment à sa mère qui l'avait toujours protégé de la violence du monde, qui lui avait inculqué la différence entre le bien et le mal ; mais ce n'étaient que des mots, il ressentait qu'elle l'empêchait de vivre, qu'elle l'enfermait dans un carcan moraliste, dans des internats privés où il fallait baisser la tête, marcher lentement, apprendre l'humilité, ne pas exister. Peu à peu ces sentiments généreux qu'il éprouvait à l'égard des autres, ces larmes brûlantes qu'il versait la nuit quand les lumières étaient éteintes, parce que le monde lui paraissait injuste, et qu'il avait envie de défendre les opprimés, cette foi dans la bonté de l'être humain, tout cela l'avait quitté en l'espace de quelques mois, et un diable était venu saccager son humanité. Il avait fait voler en éclats la soumission qui poussait en lui comme une racine, et fini par exploser avec une fureur dont l'intensité l'avait surpris lui-même. Il avait agi avant de l'avoir décidé vraiment, alors qu'il n'en était encore qu'à l'hypothèse d'une révolution, au moment où il s'était dit qu'il serait peut-être admirable s'il avait l'audace d'agir et pas seulement de penser. Il commença par se livrer à un acte de vandalisme dans l'internat : il obtura les bondes des éviers qui servaient aux expériences de chimie, ouvrit les robinets d'eau qui les surplombaient et provoqua une inondation. En réalité il avait d'abord pensé à déclencher une explosion avec du soufre, dont le bruit aurait été spectaculaire, mais il fallait chauffer la solution à près de deux cents degrés et il craignit de se brûler. Bien sûr il créa le scandale, fut expulsé sur-le-champ, sentit monter en lui un vertige glacé qu'il assimila à une victoire sur la lâcheté et une impulsion vers la vraie vie.

Sa mère fut dévastée par la soudaine métamorphose de ce fils aimé dont la douceur séduisait les proches, les voisins, la famille éloignée. Elle s'était privée pour payer ses études, avait adopté un mode de vie calqué sur son emploi du temps à lui. Elle ne survécut pas à tant de cruauté, le cœur lâcha. Anil assista en serrant les mâchoires à la crémation de sa mère. Il ne ressentit rien, son cœur était devenu sec, il avait été élevé dans les croyances de la religion hindouiste, et accepta facilement l'idée que, avec la mort, s'opérait une migration de l'âme, une purification préparant sa mère à une renaissance dans le monde de la Lumière. Elle y serait à l'abri, en sécurité.

Il pensait qu'il n'aimait pas sa mère, ou plutôt qu'il avait cessé de l'aimer. Que l'amour entre une mère et son fils n'avait rien de différent des autres amours. Aujourd'hui, à l'approche de la fin, il regrette les souffrances qu'il a infligées à la femme la plus importante de sa vie, il a cessé d'incriminer les autres ou les événements, et il est heureux d'aller bientôt la retrouver. Quand il pense à sa mère, les larmes coulent sans qu'il s'en aperçoive, sans même qu'il songe à cacher son émotion, ce ne sont plus des larmes de remords, mais des larmes d'amour. Il lui a fallu tout ce temps pour être capable d'aimer.

Il en est là dans ce voyage en avion, isolé en face du bar, abrité dans une modestie qui lui convient, qui lui permet de regarder sans être vu, d'imaginer la vie de ces personnages en quête d'équilibre. Il n'a plus besoin de s'agiter pour exister, il aime respirer au diapason du moteur silencieux, il ne redoute aucune turbulence, il en a connu de bien pires. Il a vu le pilote passer devant lui pour monter à l'étage supérieur, il a éprouvé de la compassion et une certaine inquiétude pour cet homme au visage torturé qui ne semblait pas réaliser qu'il parlait tout seul et regardait dans le vide.

Pendant ses années de monstre, Anil falsifia allègrement les comptes de ses sociétés parce qu'il considérait qu'il était le patron et avait tous les droits, jusqu'à ce jour où… il fut transporté en deux temps trois mouvements, dès sa descente d'avion, dans la plus grande prison du nord de Tokyo, qu'on appelle la porcherie, un centre de détention redouté tant les conditions y sont inhumaines. Il s'apprêtait justement à se rendre sur l'île de Naoshima où il avait fait construire une maison très basse, presque mêlée à la nature, dont l'eau tout autour lui paraissait l'élément le plus favorable à la méditation qu'il voulait pratiquer pour ne pas devenir fou. Il allait y retrouver sa femme, la troisième, une artiste américaine installée au Japon, la seule de ses épouses qui n'avait pas besoin de son argent pour vivre. Il pensait avoir cette fois fait un mariage d'amour.

Cette arrestation survint alors qu'il ressentait le besoin de devenir un homme honnête, un homme fort intérieurement, un homme nu. Il avait commencé à éprouver un semblant d'amitié pour son visage légèrement buriné par la sécheresse de la peau et les rides qui se creusaient un peu plus chaque jour. Il découvrait subrepticement un portrait humain dont les marques du temps reflétaient une vérité, la sienne, peut-être en avait-il une, une vérité incertaine qu'il cherchait à dissimuler derrière une barbe naissante lissée chaque jour avec un soin affectant une négligence étudiée. Un matin, sans réfléchir, ou peut-être par défi, il fit glisser le rasoir plus près de la chair, dont la fragilité se laissa découvrir comme la partie ébréchée d'un objet émaillé dont il aurait toujours ressenti l'imperfection. Les fêlures restées tapies en lui avaient créé une sorte de patine de la mélancolie qui évoquait, ce matin-là, la trace d'une lointaine blessure de guerre. Il termina de se raser, regarda longuement cette gueule qu'il connaissait peu, se demanda comment il allait traiter désormais l'homme qui allait avec.

Aujourd'hui, avec le recul, il pense qu'il a été complice de sa privation de liberté, parce qu'il lui était devenu impossible d'aller plus loin. Il n'avait rien vu venir, ce qui était le cas de tout ce qui lui était arrivé dans la vie. Contrairement à ce que l'on pourrait penser, il n'avait jamais obéi à aucune stratégie de réussite, ou développé quelque projet machiavélique, il avait juste avancé à l'instinct sans regarder en arrière, pressé qu'il était de ne pas sombrer dans l'ennui qui lui empoisonnait l'existence dès qu'il n'était pas dans l'action. Il était arrivé à un point où il devait payer le prix de sa vie dissolue. Se résigner à l'immobilisation forcée. Certains admirèrent le courage dont il faisait preuve. Il savait, lui, qu'il s'agissait de l'énergie du désespoir. Il avait besoin de comprendre pourquoi il n'était pas à la hauteur de la fiction qu'il avait de lui-même, une fiction débordée par un ego totalitaire et un excès de vitalité qui l'avaient mené à la dérive. Il avait eu le projet de se retrouver dans le silence de son île, le sort venait d'en décider autrement, c'est la prison qui lui tiendrait lieu de retraite imaginaire.

Les Japonais ne plaisantent pas avec les gardes à vue et la présomption d'innocence. Il était présumé coupable de malversations financières. Le fait de rôder dans le monde entier sous de multiples nationalités censées le démarquer du commun des mortels, et le rendre libre, toujours plus libre, l'avait enfermé dans une situation confuse et suspecte qui compliqua la tâche de ses avocats. Au bout de quelques mois, il fut libéré sous caution, coupable, ruiné, mais autorisé à se déplacer. Il était exténué par les mauvais traitements, le froid, la faim, mais, le plus important, il avait survécu aux tortures de l'esprit. Il se rendit directement dans son ashram pour renouer avec la vie collective et se nourrir du recueillement qu'induit la recherche d'humilité.

15. Chaos

Talitha ne s'attendait pas à une telle débâcle dans le cockpit. Un goût de stress violent la prend à la gorge. Elle agrippe Saul par une manche et le sort de là. Il respire bruyamment, s'enferme dans les toilettes. Elle attend derrière la porte.

Le commandant Barroud et Saul Melmoth sont des personnages qui n'auraient même pas l'idée de se saluer dans la vie normale. L'un est quasiment psychorigide, l'autre cherche depuis les nombreuses années que Talitha le connaît à dissimuler une sensibilité à fleur de peau, ce qui est plutôt rare chez un pilote de ce niveau. Sans doute la raison pour laquelle il n'a pas été promu commandant. Peut-être en souffre-t-il. C'est à la moitié du temps de vol que surviennent les grandes fatigues. On ne prend jamais complètement l'habitude des nuits sans cesse morcelées.

Talitha attend Saul, prend une profonde inspiration quand il sort des toilettes à grand-peine, hagard, curieusement désarticulé comme un pantin sur le point de tomber. Rester calme à tout prix, elle est là pour aider, pas pour condamner. Elle se trouve face à un diable sorti de sa boîte, il est beau, Saul, très beau même, mais il a l'air d'un fou, avec sa chemise transformée en loque, qu'a-t-il fait de sa veste, les yeux dans le vague, les cheveux en bataille, la barbe naissante et drue, la bouche tendue comme si sa mâchoire allait se décrocher, et puis ces grognements, un son d'animal en phase terminale. Talitha regarde autour d'elle, ils sont seuls, il sent l'alcool. Il essaie de trouver des mots, mais aucun son ne sort, si, toujours ce grognement bestial. Le titre du film *Y a-t-il un pilote dans l'avion ?* traverse l'esprit de Talitha, et puis elle se dit qu'il faut agir, le mettre de côté, le neutraliser sans le dénoncer, tout le monde peut craquer dans la vie. Par certains aspects il lui rappelle Ferdinand dans ses moments perdus, elle ne sait pas pourquoi elle pense qu'ils sont tous deux des hommes refusant d'être responsables de leur destin, qu'ils préfèrent déplorer le gâchis de leur existence plutôt que de réparer ce qui cloche, que c'est peut-être le lot des hommes d'être des antihéros qui s'en remettent aux femmes, qui, elles, sont plus douées pour la vie simple, ou normale, et caetera. Sur ce couplet, la nuit, en avion, aux abords d'un cockpit délaissé par un pilote ivre mort, on peut refaire le monde, se raconter toute une histoire avant de trouver l'énergie de passer à l'action.

En l'occurrence il faut que Talitha couche ce géant intranquille qui s'accroche à elle, prêt à les entraîner tous les deux dans un sombre cauchemar. Il est inutile qu'elle lui parle, il n'est pas en état d'entendre ; elle se borne à murmurer quelques mots idiots tout en essayant de l'attirer par la manche vers l'espace de repos très exigu réservé à l'équipage, dont les passagers ne connaissent pas l'existence. Dans le A380, il s'agit d'un réduit sans hublot, situé à proximité du cockpit, accessible par une porte discrète et un escalier très étroit, où tiennent côte à côte deux couchettes. Saul s'est écroulé de tout son long en travers, sans même plier les genoux, ce qui est réellement impressionnant chez ce géant d'au moins un mètre quatre-vingt-dix. Talitha ne comprend pas pourquoi personne ne vient aux nouvelles. Mais elle ne peut se résoudre à le laisser seul.

Il lui vient à l'esprit qu'elle se trouve une fois de plus dans le rôle d'une mère qui veille sur son enfant, bien qu'elle ne puisse être suspectée d'aucun sentiment maternel pour cet escogriffe en mauvais état. Elle a veillé sur Ferdinand qui considérait que c'était son rôle. Il ne lui est jamais venu à l'esprit qu'elle avait besoin d'être aimée. Mais surtout, et c'est le seul événement qui la comble de lumière et de chaleur, elle a veillé sur sa mère qui lui a fait don de sa beauté et de sa liberté singulières. Peut-être, tout au fond d'elle, Talitha a-t-elle refusé d'être aimée pour rester fidèle à celle qui l'a abandonnée en mourant. L'amour dont elle l'avait enveloppée est soigneusement calfeutré dans une réserve dont Talitha extrait des bribes. Elle se souvient que lorsqu'elle était en activité, elle éprouvait par avance de l'empathie pour les passagers, que rien ne la rendait plus heureuse que de les servir, leur offrir un joli sourire, mais aussi forcer leur admiration, montrer qu'elle existait et qu'elle était désirable. Elle était fière de les séduire.

Talitha secoue la tête pour faire refluer ces ruminations dans la case des travaux finis ; pour l'heure, il faut qu'elle invente un plan B concernant Saul. Il fait partie des hommes qui vont toujours bien, très bien, merveilleusement bien, et le clament avec un sourire forcé sur un ton sirupeux. Talitha s'est souvent demandé quel chaos masquait cette préciosité exaspérante. Là elle est servie, il ne s'agit pas d'un voyageur en proie à une banale crise de nerfs, mais d'un pilote qui perd la boule et tombe dans les pommes. Personne n'est au courant de l'état dans lequel il se trouve, et elle est complice de sa désertion. Barroud n'a pas encore hurlé à la démission ou alerté la tour de contrôle.

Quand il est venu lui rendre visite plus tôt, à l'étage supérieur, Saul a évoqué les tractations souterraines qui ont mis fin à l'avenir de l'A380. Cela représente la fin de sa carrière, il est peut-être en train de vivre son dernier vol. Et toi tu vas faire quoi ? lui a-t-il demandé. Son visage s'est fermé quand il a compris que Talitha a quitté l'aviation, il le savait mais il avait oublié, il a ajouté qu'il vivait une trahison, qu'il n'allait pas les laisser faire, ou alors… Il n'a pas fini sa phrase. Sa bouche était amère, affaissée, il avait le teint gris, et des rides profondes barraient son front, le mot délabrement est venu à l'esprit de Talitha. Elle aurait aimé le prendre dans ses bras, lui caresser les cheveux. Leïla – Talitha avait complètement oublié sa présence –, Leïla, restée silencieuse, a dit : c'est inquiétant un pilote qui perd la tête, il faut l'aider, l'accompagner dans le cockpit, je veux bien y aller. Talitha l'a regardée avec sidération puis est retournée à son texte.

Couché sur le ventre, Saul ronfle à présent comme un bébé repu au diapason du ronronnement de l'avion qui continue de survoler l'Iran.

Talitha s'est assise dans un petit coin par terre, contre le bord de la couchette de gauche, près de la porte qu'elle a laissée ouverte pour ne pas suffoquer dans ce huis clos qui lui plaît précisément parce qu'elle y est enfermée. Elle allume son ordinateur contre ses genoux pliés. Et puis, elle commence à écrire la dernière partie de son histoire d'amour.

16. Au bar

Anil s'imprègne des traces de vie qui marqueront ce qui est peut-être son dernier vol. Son œil s'arrête sur le bar en faux acajou qui apporte une touche étrangement décalée à la décoration minimaliste.

Il se demande où est passée la jolie blonde qui s'est absentée depuis un certain temps déjà. Qui a laissé s'envoler un parfum de tubéreuse qu'il respire avec une certaine gourmandise. Il se sent ragaillardi, loin des réflexions sur la décrépitude dans lesquelles il a pris l'habitude de se perdre. Il est attiré par Talitha mais n'a pas l'intention de jouer les séducteurs de haut vol ; quand il était en bonne santé, il n'avait aucun scrupule à séduire des femmes beaucoup plus jeunes que lui, il en a honte aujourd'hui, parce qu'il a conscience du couple inesthétique que forment un vieux beau et une jeune femme. Il éprouve des sentiments mélangés, de violence et de mélancolie. Il est attiré par Talitha parce qu'ils sont de la même trempe, c'est le mot français qui lui vient à l'esprit, même s'il n'en connaît pas le sens exact. Elle se déplace comme une liane, légère et indifférente au regard des autres. Il émane d'elle une profondeur qu'Anil a captée. Elle est énigmatique et l'idée lui plaît. Il n'a plus de temps à perdre… Il est interrompu dans ses pensées par un mouvement brutal de l'avion, les verres carillonnent comme des grelots sur le bar, les cris étouffés des passagers épousent le rythme des secousses, et surtout il y a cette sensation de vertige qui entraîne le poids de son estomac hors de son corps. Il est tout à coup si faible qu'il va tomber, partir, perdre la tête, il va mourir… Il ferme les yeux, il est absent, invisible, que surtout on lui fiche la paix. L'avion accentue sa sarabande, le commandant prononce des mots indistincts, Anil entend des pépiements, des voix qui se superposent, sa tête bourdonne.

Il ne sait pas au bout de combien de temps il est revenu à lui. Personne ne semble avoir remarqué son éclipse. Il émerge de sa torpeur avec difficulté, en proie à un étrange pressentiment. Le copilote qui errait dans le bar il y a un moment titubait, le regard fiévreux et les mains tremblantes. Il avait enregistré sa présence dans le bar, sans s'en étonner vraiment, parce qu'il pensait à autre chose, mais après son malaise à lui, il s'interroge. Cet homme qui semblait déambuler dans un cauchemar est-il en état de diriger un avion ? Et puis il soupire, à quoi bon s'inquiéter, il y a un commandant dans le cockpit. Sa pensée revient en boucle au pilote hagard, à ses yeux vides, puis à Talitha, il craint de ne plus la revoir. Il est trop faible pour partir à sa recherche.

Une autre femme a pris place au bar près des Hashtags qui parlent d'une voix de plus en plus perchée. La nouvelle venue est rouge : des cheveux roux impeccablement coiffés, un rouge à lèvres très brillant et des ongles vernis d'une laque vive qui reflète la lumière. Elle serre sur ses genoux un sac d'où dépasse la tête d'un chien dont une mèche de poils longs est maintenue par une barrette pour lui dégager les yeux. Le chien dévisage ses voisines. Hashtag 1 lui propose une noix de cajou, mais la femme rousse s'interpose avec véhémence.

L'hôtesse de l'air brune qui s'appelle Cheryl s'approche d'Anil. Elle a lu sur les consignes relatives aux passagers qu'il est soumis à un régime alimentaire ; elle vient lui apporter un thé et un verre d'eau.

Anil lève les yeux sur Leïla qui descend l'escalier avec précipitation, elle s'élance vers Cheryl comme si justement elle la cherchait. Puis, d'une voix basse et monotone, mais tendue en même temps, elle demande où se trouve Talitha. Cheryl la regarde étonnée. Leïla s'assoit dans le fauteuil situé en face d'Anil, de l'autre côté de la petite table. Elle dévisage Anil, demande dans combien de temps on arrive, elle regarde par le hublot, dit qu'il fait encore nuit mais que le temps presse, qu'elle doit trouver Talitha. Anil l'observe d'un œil mi-clos. Leïla agite sa jambe d'avant en arrière avec une violence qui fait trembler la table qui les sépare, malgré la force d'inertie de l'avion. C'est une très belle jeune fille à l'étrange maturité. Il détaille son visage en connaisseur, la délicatesse de l'ovale, le teint qui ressemble à du velours, le nez fin, la bouche charnue, les yeux en amande très écartés, le regard perçant. Il y a quelque chose de tragique en elle, une proximité avec l'inéluctable, rien à voir avec sa mort à lui, la force d'un destin. Anil a peur pour elle. Mais voilà qu'elle lui sourit. Ne vous inquiétez pas pour moi, dit-elle, je sais ce que j'ai à faire. Je cherche Talitha, comme tout le monde ici, ajoute-t-elle avec une certaine ironie. Puis elle se lève, de dos on dirait une adolescente insouciante.

Depuis qu'il est malade, Anil est devenu attentif à la moindre parcelle d'événement. Il se souvient du temps où il était sensible à l'atmosphère érotique qui s'échappe des vols de nuit, les passagers abandonnés dans des positions langoureuses, inconscients de l'intensité de suggestion qui émane de leur demi-sommeil, la disponibilité offerte par les femmes qui marchent en se déhanchant dans les couloirs pour se dégourdir les jambes, les voix qui murmurent dans la lumière tamisée, la sensation de veille ouatée dégagée par un groupe d'individus rassemblés malgré eux, mais soucieux de plaire à l'autre, dans une parenthèse qui n'engage à rien puisqu'elle ne durera pas.

Anil se souvient des quelques femmes qu'il a rencontrées au cours de vols précédents dans sa longue vie de séducteur. Un coup d'œil, un geste anodin déclenchaient son désir, c'était le temps où il ne résistait à aucune pulsion, persuadé que plaire, c'était gagner. Aujourd'hui il est ému par les inconnus généreux, ceux qui lui lancent un sourire, un regard, pour rien, comme cette femme rousse qui ne le quitte pas des yeux.

Il est heureux d'être au contact d'autres êtres humains qui continuent de mener leur vie, tandis que lui est concentré sur les derniers battements de la sienne. Il perçoit leur présence comme une onde de légèreté qui l'accompagne dans sa traversée du ciel, une image qui le fait sourire. Parce qu'il ne peut s'empêcher de rêver à l'envol de son âme, cette part invisible de lui-même qui pèse, prétend-on, vingt et un grammes et qu'il imagine renfermer son existence sous une forme déshydratée.

Perdu dans sa réflexion métaphysique, il est ramené au réel par la sensation d'une étoffe qui effleure sa main posée sur la tablette. Il ouvre les yeux, croise ceux de la dame rousse qui est debout à côté de lui. Elle tient son sac à chien bien pressé contre sa veste en popeline ocre brun qui a picoté ses doigts. Elle demande si elle peut s'asseoir sur le fauteuil qui lui fait face.

Elle dit qu'elle s'appelle Marie Ange.

17. Idée fixe

L'obsession s'installe en elle comme une sinusoïde qui rampe dans son corps. Leïla a longuement tergiversé, elle est angoissée par l'inconnu, son pas est mal assuré dans l'avion instable. Elle se concentre pour chasser le chatouillement qui précède la montée des tocs. Elle essaie d'intégrer le plan de l'avion, le poste de pilotage se trouve au bout du couloir qui traverse la classe business. Où est passée Talitha ? Elle a besoin de son aide pour accéder au cockpit, Cheryl s'est montrée hésitante. Talitha comprendra, elle a du cœur. Et puis elle a l'habitude des situations complexes, cela se lit dans le texte caché dans son ordinateur. Elle frotte ses yeux pour chasser un cil imaginaire. Elle fait les cent pas, marche d'un bout à l'autre du bar, puis recommence, la sinusoïde la rend maladroite, elle attire l'attention, elle a peur de s'affaler par terre devant tout le monde. Elle s'assoit à l'extrémité du bar, sur la pointe d'un tabouret, pas loin de l'escalier, un peu en biais, au cas où elle devrait s'enfuir avec précipitation. Le barman lui propose un verre d'eau, qu'elle accepte avec un sourire machinal.

Elle décide d'attendre au bar. Elle se sent protégée par la compagnie de ces gens qui rient et ne lui prêtent aucune attention. Les deux filles que le barman appelle Hashtags gloussent comme des poules joyeuses, ce qui lui rappelle les fous rires qu'elle partage souvent avec son ami Quentin. Le rire porte bonheur, il l'aide à maîtriser son angoisse.

Elle entend aussi la voix aiguë de la femme rousse qui a pris sa place et s'est engagée dans une conversation animée avec son vis-à-vis qui n'a pas l'air très en forme mais hoche la tête pour montrer qu'il est bien là.

Et puis, l'avion remue, en avant, en arrière.
Les verres posés sur le comptoir se renversent.
Le commandant prend la parole.
Il a la voix d'un fauve perdu dans un ouragan.
Il dit des mots qu'on n'entend qu'à moitié.
Des passagers se mettent à crier.
Le barman dit aux Hashtags d'aller s'attacher à leurs places.
Leïla court de l'autre côté du bar.
Elle se laisse choir sur un des fauteuils réservés aux hôtesses.
Elle enfile les bretelles qui permettent de boucler la ceinture.
Elle est terrifiée mais ne le montre pas.
Elle a l'impression de régner sur le monde.
Pour une fois, c'est elle qui a la meilleure place.

Elle voit la femme rousse et le sage sanglés sur leurs sièges. Ils n'en mènent pas large, surtout elle. On entend des cris. Les gens se sont réveillés en sursaut. L'estomac monte et descend. On a l'impression que l'avion tape contre un mur. Cheryl apparaît dans le dos de Leïla. Elle prend place à côté d'elle. Elle dit ne vous inquiétez pas, ça va passer, on traverse un gros nuage d'orage. Elle se relève pour aller rassurer les passagers. Elle marche comme une femme saoule. Le sage a la tête dans les mains. La femme rousse a un haut-le-cœur en avalant la pilule qu'elle a sortie de sa poche. Un chien émerge d'un sac posé à ses pieds. Un chien minuscule et poilu qui sautille sur des pattes tremblotantes et couine comme une souris. La femme rousse crie Baby, Baby. Baby s'arrête net et s'oublie sur la moquette. La femme rousse pousse un cri et fond en larmes.

Baby regagne son sac avec ses pattes toutes sales qui ont tracé un labyrinthe gluant sur la moquette. Le bruit du moteur de l'avion s'arrête net. Est-ce qu'on est en train de planer ? Le commandant reprend son micro pourri. Il a réduit les gaz pour descendre sous le nuage. Il dit que la météo est mauvaise mais que l'avion est solide. Cheryl réapparaît. Elle a de gros cernes sous les yeux. Elle dit à Leïla pour le cockpit c'est pas le moment. Elle regarde le monticule dégoûtant sur la moquette, puis la femme rousse, puis le sac du chien. Elle a une espèce de hoquet nerveux. Elle dit qu'à côté ceux qui ont vomi n'ont pas eu le temps de sortir les sacs en papier, que l'odeur est infernale, qu'elle va devoir faire le ménage. Qu'il y a des jours comme ça où on ne devrait pas sortir de son lit. Leïla n'a qu'une idée en tête, trouver Talitha.

18. Amour mort

On ne prend pas assez en compte les incompatibilités des pilotes quand on les fait voyager ensemble. J'écris, enfermée avec l'un d'entre eux que son supérieur n'a pas osé évacuer, parce qu'il a peur de l'étrangeté. On imagine que les gens sont des grandes personnes capables de mener des instants de vie communs, et puis tout se passe comme si les différences les condamnaient à une solitude qui les transforme en adversaires.

Cela me renvoie à ma dernière épopée avec Ferdinand, qui s'est terminée peu de temps avant que j'embarque sur ce vol pour Singapour. Des années avaient passé depuis que je m'étais enfuie, abandonnant l'homme de ma vie, enveloppé, tassé, prêt à croupir, dans une antique couverture péruvienne élimée qui dégageait une odeur écœurante d'antimite, après qu'il m'avait balancé « Tu es ma dernière chance » sur un ton de croque-mort plus menaçant qu'apeuré, des mots qui avaient eu sur moi l'effet d'un électrochoc. Je n'avais eu que le temps de m'inscrire en urgence sur les vols vers l'Asie, avec l'idée que je devais sauver ma peau et que n'importe quel bout du monde serait plus accueillant que ces sinistres falaises abruptes et bretonnes.

Je suis partie et je n'ai plus donné signe de vie. Ferdinand m'a bombardée de mails et de SMS pendant un temps infini. J'ai pleuré sans discontinuer, sur moi, sur lui, enfin et surtout sur cette souillure que je ressentais au fond de moi et qui se manifestait sous la forme d'une nausée permanente. Je n'arrivais à trouver un semblant de calme qu'en restant allongée par terre, sur une surface froide au contact de laquelle mes sanglots brûlants finissaient par se rafraîchir. Je ne pouvais m'empêcher de penser que peut-être ses messages étaient sincères, que peut-être il avait des sentiments, que c'était moi qui pensais faux. Mais une petite voix m'intimait de rester lucide. Le ton des messages de Ferdinand passait de la supplication à la colère, de l'amour extatique à l'auto-apitoiement. Il ne laissait jamais de messages vocaux, ce fut une chance, entendre sa voix aurait pu me faire craquer. La voix en dit long sur les gens. La sienne, toujours faible et étouffée, avait un son de trahison. Je trouvais toutes sortes d'arguments pour me convaincre de sa perversité, puis je changeais d'avis. J'ai lutté de toutes mes forces pour rester silencieuse. Je n'avais rien à dire, je me trouvais juste au bord d'un vide tristement béant. Je comprenais qu'il s'écrivait à lui-même. Jamais, dans tous ces messages que j'ai effacés depuis longtemps, il ne m'a demandé comment j'allais.

Le manque néanmoins était insupportable. Pas seulement le manque physique. Ne pas voir, ne pas savoir, soupçonner un danger, un drame. Sur le plan de l'imagination j'aurais pu gagner un concours. Je pense que j'ai été protégée, qu'une bonne étoile dansait au-dessus de ma tête. Je savais que si je cédais, rien ne serait différent. Le fait d'avoir peur de lui m'a aidée. J'avais compris que j'étais sous l'emprise d'un personnage maléfique qui avait besoin de moi comme d'un carburant. Je l'aimais toujours, il était ancré dans ma chair qui avait perdu la vie tant ses caresses me manquaient. Des souvenirs remontaient comme des flèches douloureuses. Je m'étais habituée aux coups de blues. Je ne souriais plus jamais. Et puis, j'ai arrêté de lui en vouloir. Ma tristesse est devenue distincte de lui, personne ne m'avait forcée à entrer dans son jeu. Je ne pouvais m'en prendre qu'à moi.

Les choses passent, le temps se décolore. Les messages se sont peu à peu transformés en clichés. J'en avais fini de m'extasier, comme au temps où je l'admirais, sur un talent qui n'existait pas. Je recevais les mots de quelqu'un qui les accumulait mais n'en transmettait aucun qui soit intimement ressenti.

Je me suis peu à peu détachée de lui, de cette parenthèse qui n'avait pas duré très longtemps, mais dont l'empreinte m'empêchait de vivre. J'étais accrochée à une rupture sans clôture. Il n'y avait pas eu de véritable fin, j'avais fui, c'est tout. J'aurais préféré qu'il soit mort, qu'il n'existe plus. La rupture en faisait un fantôme obsédant, dont je guettais les signes parce que j'avais toujours besoin d'un contact, aussi ténu fût-il. Je n'en pouvais plus de mes pensées qui tournaient en rond, de cette addiction qui me tuait à petit feu.

Et puis, je me souviens d'un jour où j'ai erré quelque temps dans le Kerala après une escale à Chennai. J'étais seule sur une plage dont le sable était sombre et peu accueillant, je regardais passer les femmes qui marchaient en compagnie de leurs enfants, offrant au soleil couchant les teintes magnifiques de leurs saris. En Inde, les gens se baignent rarement dans la mer, qui est le plus souvent hostile. Mue par une sorte d'énergie cachée dans je ne sais quel recoin de ma tristesse, je me suis jetée dans cette eau pas très claire. J'ai nagé assez loin dans un crawl vigoureux que je pratique souvent, j'ai remarqué en me retournant des silhouettes sur la plage qui me faisaient de grands signes pour m'inciter à revenir, mais je n'éprouvais aucune peur et, contre toute attente, j'ai commencé à me sentir lavée, propre, purifiée de cet étau de crasse intérieure. Et le paysage s'est éclairci : il n'y avait plus d'amour entre nous. Pour des raisons obscures liées à son histoire, Ferdinand n'était pas capable d'aimer quelqu'un d'autre que lui-même, et je n'étais pas capable de vivre autre chose qu'une fusion, sans renoncer à ma mère, à mon enfance. Il était temps de devenir adulte.

J'ai ressenti une furieuse envie de vengeance, je suis bien consciente du peu de noblesse de cette humeur, mais ça m'était égal, tout m'était égal, j'éprouvais une véritable colère. Je ne savais pas que la colère pût être si violente, celle-ci venait du plus profond de moi, secouant mon corps qui semblait vomir des restes indigestes entassés dans un tiroir bordélique. J'y avais tout mélangé, la passion, la compassion, la fascination, la soumission. J'avais été une femme aveugle qui pensait qu'on ne lâche pas un homme à terre. J'ai eu envie de lui arracher ses yeux flous qu'il faisait valser pour séduire, en regardant les gens de biais, jamais de face, pour que surtout ne soit pas déflorée l'image qu'il avait appris à offrir aux autres. Il n'y avait que lui qui comptait. Une emprise est un enfer. Et revenir de l'enfer prend du temps.

Saul commence à émerger de son enfer personnel. Talitha le sent remuer dans son dos. Elle ne sait pas trop quoi faire de cet autre tiroir à problèmes. Elle sourit, parce qu'elle est soulagée d'avoir accouché de mots qui font avancer le texte qu'elle est en train d'écrire. Elle est d'humeur à trouver des solutions. Elle se retourne. Saul est allongé sur le dos, il plisse le front en croisant son regard. Il essaie de s'asseoir mais l'espace est si exigu qu'il se résout à s'appuyer sur ses coudes dans une position semi-allongée. Il demande à Talitha ce qu'elle fait là. Elle lui dit qu'il a eu un coup de fatigue. Il faut que ça sorte, murmure-t-il, sinon je ne m'en sortirai pas. Après quelques contorsions, il s'approche de Talitha avec les gestes maladroits d'un géant dans un espace pour nains et agrippe sa main. J'ai peur de me désintégrer, dit-il, puis il la prend dans ses bras, elle se sent un peu étrangère, elle a perdu l'habitude de la tendresse, mais elle a la gorge serrée, comme lui. Il sent la sueur et autre chose, l'inquiétude peut-être, une odeur familière, une odeur d'enfance, une enfance qui les lie, comme s'il était son grand frère, elle lui dit ça va aller et se serre contre lui.

L'avion se met à tanguer, il engage des mouvements verticaux. Le commandant prend la parole pour annoncer que l'avion traverse une zone de turbulences, qu'il faut attacher les ceintures. Saul se déplie pour se redresser, comment savoir s'il est encore dans un état second ? Talitha s'étonne d'être aussi peu inquiète, après tout il est le copilote d'une énorme machine qui bouge sérieusement. Il parvient à se rétablir et enjambe Talitha, il disparaît dans le mini-escalier, revient quelques minutes plus tard, dit qu'il s'agit d'un cumulo, il a regardé par le hublot, on est en plein dedans, un nuage d'orage dense et puissant, c'est rare à cette altitude, il a sûrement pris naissance dans de l'air instable, qu'est-ce qu'il fout, Barroud, dans le cockpit, pourquoi il ne l'a pas vu venir ? Il s'arrête quelques secondes, balance encore un énigmatique « il faut que ça sorte », puis il cherche sa veste qu'il ne trouve pas, et s'éloigne vers le poste de pilotage. Il a l'air d'un clodo, un clodo élégant.

19. L'autre

Talitha reste immobile. L'avion continue de s'agiter. A une altitude élevée, la densité de l'air perd de sa consistance et offre moins de résistance au mouvement. Elle aurait peut-être dû accompagner Saul dans le cockpit. Et puis non, il est assez grand pour se débrouiller seul. Elle serre les dents, les ailes de l'avion, immenses sur un A380 et très stables à cause de leur portée, trépident de manière impressionnante. Coincée dans la cabine secrète, elle ne voit pas ce qui se passe dans le ciel, prie pour qu'il retrouve sa fluidité. Elle a des visions d'un aigle aux serres puissantes s'écrasant contre de hautes montagnes mais se dit que Saul est un excellent pilote. Si le commandant ne l'a pas éjecté du cockpit, c'est qu'il assure. Les ailes continuent de gémir.

Elle s'attache à la tête d'une des deux couchettes et se remet à écrire :

« Avion Amour Accident… Je pourrais y ajouter l'Autre, celui qui se déguise en Ame sœur… Mon rêve de crash m'a quittée en même temps que Ferdinand a disparu de ma vie pour de bon. Ce rêve resurgit parfois comme un fantôme qui vient lui aussi tester son emprise.

Ferdinand refit surface au moment où je commençais à découvrir la douceur de vivre. Il me retrouva par l'intermédiaire du magazine pour lequel je travaillais depuis que je n'étais plus hôtesse. Entendre sa voix au téléphone après tant de temps fut un choc, mais j'avais appris à être forte. Et puis j'avais besoin de savoir, d'aller au bout des choses, de clore la rupture.

Il me proposa un rendez-vous au bar de l'hôtel Algonquin, là où nous avions été si heureux. Je suggérai une vaste brasserie qui venait d'être restaurée dans le quartier de Chelsea.

Je marquai un temps d'arrêt avant de reconnaître cet homme aux cheveux totalement blancs et au teint livide qui semblait sortir d'un bain d'eau oxygénée. Où était passée sa bonne mine de marin breton ? Envolée en même temps que son père et Amber qui avait enfin réussi à se supprimer aux détergents. Il me dit que j'étais belle, plissa les yeux dont la couleur avait terni en même temps que ses sourcils très fournis avaient viré au blanc. Il ressemblait à un homme de coton. Sa voix avait encore faibli, les mots s'effaçaient avant d'être complètement prononcés, ce qui rendait la conversation difficile, d'autant qu'il avait en plus des problèmes d'audition. Il me dit, dans un rire sec, que la chasse et la musique avaient eu raison de ses tympans, qu'il devait se faire opérer. Je me sentis désolée pour lui, comme on dit facilement en anglais. J'étais sincère. Etre vieux à même pas quarante-cinq ans, ce n'était pas de chance.

Il avait vendu le moulin familial et acheté une petite maison dans une île du golfe du Morbihan. Je t'en prie, viens la voir, tu es la seule personne qui me connaisse vraiment, qui m'ait fait du bien. Je n'avais plus peur de lui, il avait le regard pathétique d'un séducteur qui s'extrayait avec difficulté d'une grave maladie. C'est une maison minuscule, posée au bord de l'eau, sans voisins, un lieu sublime. Tu vas adorer. Je pensai à son mini-studio à Paris, ce morceau de bateau isolé et déglingué, comme lui. Je le vis comme il était. Seul, perdu. Son odeur, un mélange de cheveux gras et de sueur aigre, avait empiré. Je pensai au croque-mort. Et je m'en voulus. Je ne ressentais plus rien. Pas de souvenirs, pas de nostalgie. J'étais en face d'un étranger.

Il serait désormais l'Autre, sombre, secret et fragile. Je ne l'appellerais plus autrement. Le mystère du beau ténébreux avait disparu dans un marécage nauséabond qui exhalait les relents de mensonges tordus. J'avais toujours eu foi dans la vérité. J'étais entrée dans l'amour avec une absolue loyauté, que l'Autre avait essayé de détruire.

J'aurais dû partir, j'étais anéantie par sa réapparition. Je me sentais nulle, vide, lâche. J'avais envie de m'enfuir en courant. Mais non, je voulais voir jusqu'où il irait. J'acceptai de l'accompagner à une exposition au Metropolitan Museum, plus haut dans la ville. Dans la rue il me prit le bras, il avait du mal à marcher, une arthrose de la hanche gauche, et des problèmes de goutte le faisaient souffrir et l'empêchaient de se tenir droit. Je sentais peser contre moi ce corps rabougri qui avait été si fier et conquérant, ces épaules voûtées pour lesquelles j'avais éprouvé tant de désir. J'engageai une conversation laborieusement enjouée en parlant fort pour qu'il entende, comme je l'aurais fait par politesse avec un grand-oncle sourd et mal en point, pour supporter de parcourir les trente blocs qui nous séparaient du musée. L'exposition, qui s'appelait *Unfinished,* dévoilait une collection d'œuvres inachevées, volontairement ou non, par les maîtres de la Renaissance jusqu'à nos jours. La magnifique anatomie esquissée par Michel-Ange sur une page de carnet, la tête de femme au buste effacé peinte par Léonard de Vinci, les toiles ébauchées d'Andy Warhol, tout évoquait le temps qui se pose, la fragilité des sentiments.

L'amour de ma vie resterait inachevé. Pour une raison inconnue, était-ce un réflexe ? l'Autre simulait l'attachement, feignait de partager mes points de vue, tentait de ranimer une intimité endormie. Il esquissa des gestes de tendresse, je crois même qu'il parla d'amitié, mais toute tentative de rapprochement me faisait sursauter. La vie a ses rancunes intimes et implacables. J'avais accepté d'être maltraitée, par ignorance, par peur de ne pas mériter d'être aimée, par malchance, peu importe. J'étais arrivée au bout de l'aventure, sa violence m'avait à la fois détruite et rendue plus forte. L'Autre m'avait sans le savoir permis de me débarrasser de mon fantasme de crash.

Il resterait l'Autre, à l'âme froide et vide. Il me proposa de l'accompagner à Newport où il avait rendez-vous dans un chantier naval pour acheter un bateau. Je reconnaissais bien là son talent de séducteur. Et je l'imaginai, comme au bon vieux temps, déguisé en marin avec un pantalon informe tire-bouchonné sur des docksides usés, qui allait se métamorphoser le soir au yacht-club local en un genre d'Anglais chic et déjanté dans un blazer bleu marine sur pantalon rose, un verre de whisky à la main, les yeux flous voguant de l'un à l'autre en quête d'une nouvelle proie à séduire. Et je souris, je souris à l'enfant roi qui n'avait jamais grandi et se tenait au milieu de la scène. Alors tu viens ? insista-t-il.

Je me suis éloignée de lui, à reculons, sur le trottoir devant le musée, je lui ai envoyé un baiser du bout des doigts. Je me suis sentie libre et légère. J'ai regardé New York qui s'étendait majestueusement, avec son ciel à perte de vue. Je me suis sentie chez moi dans cette ville fracassée, solidaire des survivants qui déambulent, j'ai pensé que j'en avais fini de me débattre dans l'ombre, que la clairvoyance enfin se faisait entendre. Et j'ai marché à grands pas en direction de Central Park. La romance inachevée était terminée. »

20. Turbulences

L'avion accentue ses mouvements
Comme s'il engageait une lutte contre un troupeau de bêtes sauvages.
Les nuages noirs le pressent dans un sens puis dans l'autre.
On entend les cris des passagers.
La puissante machine est violemment malaxée.
L'avion se laisse faire, on dirait qu'il abandonne.
Battements de cœur...
Et si cette fois...
Et si Saul...
Cumulo-nimbus orage altitude calme patience ceintures...
Onomatopées stridentes, mots hachés perdus dans le vacarme.
Grêlons qui frappent, battent la carlingue, secouent la carcasse qui va se désosser.
Va-et-vient vertical, en haut en bas, en haut en bas,
Sensation de chute brutale.
Des cris, des objets qui tombent.
La lumière qui s'éteint.
Le bruit des moteurs qui ralentissent, l'avion qui descend...

Le silence.
La rêverie aveuglante qui précède le drame.

Talitha est arrimée à sa place, loin du monde, pour une fois passagère comme les autres. En dix ans de vol, elle a effectué des centaines de traversées. Elle n'avait pas le temps d'avoir peur.

Tout est noir dans sa cachette. Seul brille l'écran de l'ordi comme une étoile suspendue.

Elle attend. Elle est prête. Elle a rêvé de ce moment, puis a mis ce rêve de côté. Le passé ne s'en va jamais vraiment, il peut toujours revenir. Elle est sereine, calfeutrée dans l'obscurité totale, n'a pas envie d'en sortir. Elle épouse le mouvement de l'avion, fait corps avec lui, il brutalise sa chair, mais elle ne souffre d'aucun mal, elle flotte d'une couchette à l'autre, le roulis la berce, ses muscles se relâchent, comme s'ils s'apprêtaient à la quitter, elle se demande si elle approche de l'enfer ou du paradis ; elle a conscience de tomber du ciel, ce n'est pas douloureux. Elle est prisonnière d'une histoire qui la dépasse. Toute tension a disparu.

Le commandant prend la parole.
Sa voix n'est pas avenante.
Pas de promenades dans les allées.
Ceintures attachées jusqu'à nouvel ordre.
Nous cherchons à nous placer sous le jet-stream pour aller plus vite vers l'est.
Nous ne sommes pas à l'abri de nouvelles turbulences.

Les pilotes ont réduit les gaz pour se placer plus bas que les nuages. Les ailes ne se sont pas cassées, l'avion n'est pas tombé comme une pierre.

21. Errances

Cheryl surgit dans le réduit. Elle s'affale sur une couchette. Elle dit qu'elle se sent comme un débris. Elle a apporté des boissons aux pilotes. Le commandant était d'une humeur de dogue, Saul avait les dents serrées et ne répondait pas quand on lui parlait. Il s'était attribué les manœuvres délicates. C'est lui qui avait décidé la descente sous les nuages, sans attendre les ordres du commandant. On se serait cru sur un ring, jamais vu ça, ajoute Cheryl. Et puis il y a la môme, ta voisine, qui a la bougeotte, comme l'avion, elle refuse de rester à sa place. Elle monte, elle descend, elle me rend folle, elle fait des pieds et des mains pour aller dans le cockpit. Son père est un diplomate très important, un habitué des first class, on ne refuse rien à ce genre de VIP. Sa fille est capricieuse, tout lui est dû. On dirait qu'elle ne ressent pas les turbulences. Elle te cherche partout, tu sais pourquoi ?

Talitha se souvient de la terreur de Leïla au moment du décollage. Elle est peut-être comme les animaux, qui s'agitent lorsqu'ils ont peur. Vivement la fin du vol, dit

Cheryl, je ne sais pas pourquoi je suis angoissée, ça m'arrive si rarement. En attendant, je vais nettoyer la merde du chien, dit-elle en quittant la cabine.

Talitha la suit. Elles avancent, ballottées comme deux femmes errantes. Pour atteindre le bar, il faut traverser la classe business qui a été vaporisée d'une senteur genre lavande ou fraise des bois. Superposé aux odeurs des passagers malades, le parfum sent l'enfer. Les voyageurs ont changé d'allure. Certains, tassés sur les sièges redressés, ont perdu l'envie de vivre.

Derrière le rideau, le bar évoque un autre genre d'apocalypse. Quand Talitha l'avait quitté, c'était un coquet petit écrin où étaient réunies quelques personnes heureuses de se rencontrer. Elle réalise que, sur de nombreux vols, une poignée de voyageurs semblent s'attirer par capillarité, comme des coquillages révélés lors de la marée descendante.

Les turbulences ont attaqué le bar d'une drôle de manière. Aucun désastre n'est visible, mais si on détaille l'ensemble, on devine qu'une tempête est passée par là ; sur le comptoir débarrassé à la va-vite survit une pile de serviettes en papier, des verres menacent de tomber des étagères. Une bouteille de gin s'est brisée dans l'évier. Cheryl, accroupie sur le tapis un peu plus loin, frotte rageusement les restes de la tache laissée par le chien.

L'homme sans âge a vieilli d'un coup. Il n'est plus le sage poétique, il ressemble davantage à un acteur dramatique, mais il n'a rien perdu de sa séduction. C'est son air de hippie légèrement dévasté qui a renvoyé Talitha à son père et aux tournées singulières qui ont jalonné son enfance. Ce vol est d'ailleurs tout à fait rock and roll. Elle observe discrètement Anil pendant qu'il dort. Il subsiste en lui des vestiges d'insoumission qui ont empêché son visage de s'affaisser ; ses cheveux assez longs sont restés épais ; il a un faux air de Che Guevara ; le regard allumé, la silhouette mince. Les pilotes aussi ont acquis une stature d'athlètes pour mériter le ciel, on admire leur virilité quand ils passent dans les allées, on les envie d'exister, de ne pas être insignifiants.

Marie Ange, qui est assise face à Anil, a l'air au plus mal. Elle a perdu son éclat, cette aura ravageuse qui la rend si frappante. Qu'a-t-elle fait pour éteindre cette lumière qui donnait envie de la suivre ? La tête dans les mains, le corps serré dans sa ceinture, un sac emprisonné entre ses deux genoux, elle semble momifiée, hors d'atteinte. Alors que Talitha se dirige vers elle, elle entend un bruit, comme un pleurnichement de souris. Marie Ange tapote le sac qu'elle fait glisser jusqu'au sol en reniflant. Le chien, bien sûr, le chien, dont la lumineuse maîtresse est devenue l'ombre d'elle-même, méconnaissable, barbouillée de rimmel noir qui a dégouliné, les yeux boursouflés à moitié fermés, une créature d'Halloween. Quand Talitha parvient à son niveau, Marie Ange marque un temps d'arrêt, la dévisage stupéfaite, hurle ne m'approchez pas alors que Talitha tend les mains vers elle. Marie Ange se lève comme un diable qui sort de sa boîte, son sac à bout de bras, et se dirige vivement vers l'étage supérieur.

Talitha sent une présence dans son dos et se retourne d'un bloc. Leïla l'observe depuis le poste de repos des hôtesses, elle a annexé un des deux sièges et trône là, l'air triomphant, comme si elle était venue à bout de sa phobie de l'avion. Je vous ai cherchée partout, dit-elle, emmenez-moi dans le cockpit ; des mots étranges déclamés sur une voix de basse, pas vraiment humaine. Je suis fatiguée, les turbulences, on verra plus tard, bredouille Talitha.

Difficile de marcher droit dans cet avion rempli de cinglés, il faudrait presque avoir le pied marin, c'est comme si la vie se déroulait dans un mauvais sens. Talitha a un haut-le-cœur, elle a l'impression de suivre une trajectoire absurde. Elle en a assez de la spirale qui tourne dans sa tête, des pensées qui ne s'arrêtent jamais, elle voudrait que la tension cesse, elle voudrait avoir une vie normale.

Les Hashtags pépient auprès du bar. Elles recommencent à parler fort, à réciter leurs présentations. Talitha se demande si elles ressentent comme elle une étrange fatigue, celle qui surgit après une nuit blanche, quand on a l'impression d'avoir loupé un coche et qu'il va falloir attendre le suivant, sur le bord d'une route où on avance de travers.

Elle vise l'escalier qu'elle atteint très vite sur la pointe des pieds, baisse la tête, serre les dents, plisse les yeux en espérant être invisible. Elle grimpe les marches à toute vitesse et court jusqu'à sa place. Un terrible besoin d'être seule, de renouer avec le bruit feutré du moteur. Elle dort rarement dans un lit, aime par-dessus tout se glisser en position fœtale dans son fauteuil en forme de coque.

22. Cockpit

Le jour s'est levé en son absence.

Le moment qu'il aime par-dessus tout, c'est quand la nuit est noire, absolument noire, constellée seulement de trous de lumière ; les étoiles qui dansent devant ses yeux réveillent la joie qui sommeille en lui et lui font penser qu'il est un homme fort.

Le moment qui lui donne envie de mourir, c'est quand la nuit passe du noir au clair-obscur et décroît jusqu'au lever du soleil, cet instant crucial où le mal le torture. Il est un homme de la nuit.

Après son passage à vide, il a réintégré le cockpit sans dire un mot. Il a évacué du regard le pilote mécanicien du poste de droite, le sien, et il a repris sa place.

Barroud, tout commandant qu'il soit, n'a pas osé lui demander de comptes, parce qu'il a peur. Il n'arrive pas à affronter son copilote, il sait que c'est une faiblesse de sa part et s'en veut. D'un coup d'œil lancé en travers, Saul a compris : le malaise du chef est palpable, il est emberlificoté dans le doute, piégé comme un rat enfermé dans un espace sans issue. Virer Saul ? établir un premier rapport verbal par radio ? puis se lancer dans la suite, administrative, un temps fou d'ennuis, de preuves à fournir, de justifications sur sa conduite à lui, sur l'exercice de son autorité ?

La lâcheté du commandant stimule le courage de Saul. Il relève la tête, redresse les épaules, prend une vaste inspiration pour remplir ses poumons, devient celui que les autres craignent. C'est juste une question de tactique. Finis la modestie, le profil bas, il a changé de registre. L'autre a besoin de lui. De sa clairvoyance et de sa maîtrise dans les coups durs. Pas question de lui expliquer qu'il s'est senti mourir, qu'il a fait un tour en enfer, pendant que lui, le commandant, est resté accroché à son manche, respectueux du métronome immuable qui régule son cerveau, parce qu'il est comme ça, il ne déroge jamais à la loi, il est un bon soldat, un de ces hommes auxquels on fait appel pour aller droit.

Dès que Saul a renoué avec sa boussole intérieure, il a sorti l'avion des nuages ; il ne comprend toujours pas pourquoi Barroud est allé se planter en plein dans l'orage. Etre le rebelle qui rétablit l'ordre l'a rendu plus fort. Le copilote a pris l'ascendant sur le chef. Il va falloir jouer serré. L'atterrissage, qui en principe revient au commandant, n'est plus si loin. Il jubile intérieurement, disons plutôt qu'il éprouve un genre inhabituel de joie, mais elle ne le rassure pas vraiment, il n'est pas familier de la confiance en soi. Les deux pilotes échangent un regard lourd.

En attendant, Saul savoure la pureté sidérale qui succède à la rage de l'orage, il voit évoluer le bleu timide qui se détache de son cocon brumeux, avant d'offrir toute la gamme de ses nuances au ciel, le ciel d'en haut, dense, tandis que celui d'en bas est plat. Il faut être pilote pour percevoir ces différences de matière, s'enrouler dans le bleu dur qui dévoile une tendresse inattendue, et donne l'énergie de continuer à vivre.

Il pense à Talitha. Il pense à elle depuis longtemps. Ils ont souvent fait équipe sur des vols de nuit. Il a été étonné de la rencontrer sur celui-ci, en simple passagère. Elle n'a rien de simple, elle est aussi compliquée que lui, des affinités mystérieuses les lient. Elle n'a porté aucun jugement au sujet de sa crise. Elle l'impressionne, il se demande où elle a puisé la force de renoncer à son métier. Il l'a toujours trouvée mélancoliquement belle, mais c'est quand elle marche qu'il la préfère. De dos, quand ses pas aériens scandent une violence contenue. Il l'a souvent suivie en secret dans les aéroports. Il se dit que c'est à cause de toutes les blessures invisibles qui saignent à l'intérieur qu'elle a cherché le ciel. Qu'il est peut-être temps pour elle de devenir une femme qui marche. Alors il rêve, il rêve d'une marcheuse heureuse… Et il fait un grand sourire au commandant en le regardant droit dans les yeux. Ce dernier détourne le regard vers les réglages du pilote automatique qu'ils nomment Georges dans leur jargon. Puisque la communication est difficile mais que chacun doit s'accommoder de l'existence de l'autre, Saul sent s'installer entre eux une sorte de non-dit. L'ambiance illustre bien le sens du mot *cockpit*, littéralement « arène pour combat de coqs ».

Et puis le commandant appuie sur le bouton pour ouvrir la porte à Talitha, qu'il connaît lui aussi depuis longtemps. Elle pénètre dans leur antre, clame d'une voix enjouée qu'elle est accompagnée d'une jeune fille autorisée à visiter le poste de pilotage. Saul lance un clin d'œil à Talitha qui lui sourit. Le commandant affecte d'être aimable. Il ne sait quelle attitude adopter, il n'a pas eu le courage d'aller voir Talitha après qu'elle a sorti Saul du cockpit. Il se demande si ces deux-là ont une liaison, il se sent exclu et ridicule. Il s'est fait avoir. Une fois de plus il n'a pas réagi : les personnes étrangères à l'équipage n'ont pas le droit d'entrer dans le cockpit.

La visiteuse s'appelle Leïla, trois syllabes qu'elle détache sur un ton grave, monocorde, pour se présenter, en même temps qu'elle plante ses yeux sombres dans ceux de Saul. Il est à nouveau frappé, comme lorsqu'il l'a aperçue à l'étage supérieur, par une sensation d'étrangeté, une fêlure familière. Un flash le submerge, une alerte qu'il connaît bien, qui traverse en même temps son ventre et sa tête, un éclair annonciateur de trouble. Il s'enfonce dans son siège. Il place sa main gauche sur la manette des gaz. Il pense tout à coup qu'il fait partie des insoumis qui se nourrissent d'intentions subversives. Il résiste à donner un coup d'accélérateur, se tourne vers le commandant, grimace comme un gamin qui s'apprête à faire un sale coup. Talitha l'observe avec son air imperturbable, il est sûr qu'elle le méprise, elle a raison de le mépriser, il est une imposture.

Leïla se tient debout entre les deux pilotes, elle refuse de s'asseoir sur l'un des strapontins réservés aux renforts d'équipage. Elle a l'air émerveillée, au bord d'un vertige dû sans doute à la vision soudaine du ciel. Elle se ressaisit, dit : je veux savoir comment ça fonctionne un avion. Elle parle bizarrement comme si elle donnait des ordres. Saul comprend parfaitement le ton de sa voix, il la connaît, mais non c'est impossible, l'impression subsiste, il sait qui elle est. Elle est comme lui. Il lui a fallu des années pour se faire accepter par la population des pilotes, pour dissimuler son mal-être, donner le change, être invisible, seulement compétent. Jusqu'à ce que le déséquilibre devienne plus fort que lui, récemment. Elle fait partie de la même espèce. Elle voit loin à l'intérieur du cerveau des autres. Mais elle est encore fraîche, pas entamée par le poids du passé ; elle ne perd pas de temps en politesses exagérées, elle est sans filtre, elle sait ce qu'elle veut. Et que veut-elle ?

Talitha est restée en retrait, mais elle est perspicace. Elle regarde Saul, elle regarde Leïla, il est sûr qu'elle a senti quelque chose. Elle reste énigmatique, elle ne dit rien, elle garde les choses pour elle. Elle agit quand c'est nécessaire.

Personne à part lui ne peut deviner que Leïla est fissurée, que ses envies, ses plans sont enchevêtrés dans son monde à elle. Elle est comme lui, illuminée, c'est le mot qui s'impose. Même sa beauté est étrange, à mi-chemin, pas ordinaire, pas conforme, frappante comme un coup de poing. Une créature poétique dans un cockpit, ce n'est pas pour lui déplaire. Il ne sait pas ce qu'il va faire de cette découverte, il se sent instable.

Elle continue de poser des questions, elle veut tout savoir. Il lui explique le pylône, cette zone centrale située entre les pilotes, sur laquelle sont disposées les manettes des gaz, et aussi, bien rangés, les calculateurs de bord, le levier de manœuvre des volets, celui des aérofreins, les boîtiers de commande des radios, le frein à main… Il remarque que ses yeux s'agrandissent quand elle regarde les écrans situés face à lui. Elle demande si elle peut s'asseoir à sa place, il allait dire non mais il se lève. Il se retrouve debout et se penche pour contempler avec elle la forêt de cadrans et d'écrans regroupant les informations utiles avec une signalétique multicolore, associés à des boutons-poussoirs lumineux situés juste au-dessus de la tête des pilotes. Il lui fait remarquer la délicatesse du gris bleuté choisi comme couleur de fond des planches de bord. Elle ne regarde même pas, mais demande à quoi servent tous les petits boutons noirs alignés au-dessus des voyants. Il dit que ce sont des coupe-circuits, des fusibles, en somme. Il se surprend à lui vendre l'avion comme un commercial, il n'est jamais aussi loquace, le commandant n'a pas pu en placer une. Leïla a happé Saul comme une mante spatiale, un ovni. Il la dévisage, sonné, entre effarement et stupéfaction. Il sent monter en lui la rébellion tyrannique qui précède le tumulte intime.

23. Trahison

Marie Ange est dévastée. Par l'humiliation et le chagrin, difficile de démêler l'un de l'autre. Elle était heureuse d'avoir osé engager la conversation avec ce beau vieil homme atypique qui se rend dans le port franc de Singapour, à l'endroit précis où elle-même va commencer sa nouvelle vie. Elle allait s'occuper de lui, le bichonner, le dorloter, et surtout l'amener comme cadeau à ses nouveaux associés, leur prouver qu'elle connaissait des gens haut placés. Il avait des actifs importants dans la société. Une coïncidence ? Elle avait accueilli cette révélation comme un signe du destin. Sa vie décidément poursuivait sa trajectoire vers le succès. Elle s'était retenue pour ne pas sauter de joie comme la petite fille qui sommeille en elle et qu'elle s'efforce constamment de garder sous contrôle.

Anil avait évoqué sa maladie qui rendait les choses urgentes, elle l'avait écouté avec attention, avait remarqué son teint anormalement pâle et le blanc des yeux devenu jaune. Elle avait éprouvé une immense compassion à son endroit, avait même révisé en silence sa boîte à pharmacie qui contenait absolument tout ce qu'elle était autorisée à transporter pour calmer l'angoisse, la douleur, les battements de cœur intempestifs, les gonflements, les érythèmes et autres rougeurs, et bien sûr la nausée et toute forme de gastro-entérite.

C'est le moment qu'avait choisi Baby pour la trahir. Sortir de son sac, et déposer sa pêche répugnante en plein milieu de l'espace ouvert à tous. Pas dans le sac, pas dans un coin reculé qu'elle aurait nettoyé discrètement, non, il avait opté pour la zone centrale, le point exact où tout le monde met les pieds pour passer. Elle avait bien senti qu'il avait commencé à remuer là-haut dans son abri, avant qu'elle se sente capable de descendre, mais elle était à cent lieues d'imaginer qu'il se tortillait pour faire glisser sa couche. Et puis, elle écoutait son compagnon de voyage avec une attention si intense qu'elle avait momentanément oublié l'existence du chien.

Quand l'avion a commencé à bouger, elle s'est sentie plus que vaseuse, elle a pris sur elle pour faire reculer ce sentiment d'angoisse qui transforme son ventre en champ de bataille. Elle avait réussi à avaler une pilule miracle. Mais c'était trop tard. Baby avait déjà mis à exécution son plan diabolique.

Elle se sent comme une épave. Elle pense : pourvu que je meure. Elle a envie d'être consolée mais non, surtout pas. Elle entend Anil – il l'a priée de l'appeler par son prénom – murmurer des mots de réconfort.

Ce chien qui serait resté un orphelin sans elle, ce chien qui a pris la place d'un enfant lui fait payer sa mansuétude. Elle a décidé de mener une vie en dehors des sentiers battus, d'être une résistante qui combat l'ennemi dans l'ombre du maquis. Elle s'est entraînée contre l'amour à coups de bazooka affectifs comme dans un camp de terroristes. Pour rien au monde, elle n'aurait risqué de répéter le couple de ses parents. Elle a donné sa chance à un animal, l'a élevé avec le soin et la patience que l'on réserve aux humains, a offert son cœur à cette petite boule de poils qui aurait pu être victime de maltraitance, l'a gâtée au-delà de ce qu'elle pouvait elle-même concevoir. La gratitude est une vue de l'esprit. Les chiens sont comme les gens, ils profitent de votre empathie, et vous la balancent en pleine gueule à la première occasion avec la cruauté d'un sortilège empoisonné.

Elle tremble. D'émotion. De colère. De désillusion. De peur. De honte surtout. Elle hoquette avec un bruit de gargouille, les larmes font couler son maquillage soi-disant waterproof vers sa salive qui s'imbibe d'un violent goût amer. Elle ne sait plus quoi faire d'elle-même. L'idée du roman-photo qu'elle se réjouissait de créer autour des personnages rocambolesques de l'avion lui soulève le cœur, elle en est le grotesque Quasimodo, elle va détruire son appareil, le piétiner, le faire disparaître dans les toilettes. Elle voudrait aussi jeter Baby, actionner la chasse d'eau, le regarder souffrir… et puis non, sa cruauté n'ira pas jusque-là, elle va d'abord le laver, penser à l'hygiène, au propre, au net. Les lingettes nettoyantes sont restées en haut dans le coffre à bagages. Comment trouver la force de se lever, de tolérer à nouveau tous ces yeux braqués sur elle ? Comment supporter cette solitude perpétuelle ?

Anil avance la main vers la sienne, qu'elle retire en vitesse. Elle ne veut pas de compassion, pas de pitié, pas de regard larmoyant. Elle est impure, sale, ratée, on n'échappe pas à son passé, elle est l'incarnation de l'échec. Elle remarque Leïla qui revient de l'avant de l'avion, les yeux braqués sur son visage défiguré, sur sa décrépitude, elle qui fouille dans la vie de sa voisine, qui fomente des plans sournois, qui est malhonnête en toute impunité.

Elle n'a plus envie de vivre. Elle voudrait que l'avion s'écrase.

24. Douceur

Anil est seul. Talitha s'inquiète de savoir comment il a supporté les turbulences. Il a l'air aussi léger qu'une plume sur le point de s'envoler. Elle vérifie que l'aération est bien fermée au-dessus de son fauteuil. Il n'a pas bougé du bar depuis des heures. Et s'il n'avait pas la force de regagner sa place ? Il l'invite à s'asseoir en face de lui. Il porte un sweat-shirt en cachemire bleu marine, on en ressent la douceur, le long duquel court une fermeture à glissière, et une chemise en jean d'où dépasse un magnifique collier en turquoises. Un bijou navajo qui lui a été offert par un chaman dans une réserve située à Santa Fe, dit-il. Il retrousse la manche de sa chemise et découvre un tas de bracelets de toutes les couleurs qu'il fait tinter autour de son poignet aussi fin que celui d'un enfant.

J'ai toujours aimé porter les grigris des pays que je traverse, et en rapporter des ustensiles liés à l'artisanat local, les souvenirs de voyage sont les biens les plus précieux. Mon siège est en première, mais il n'y a que des vieux endormis, dit-il en souriant comme s'il répondait à l'interrogation de Talitha, je me sens mieux ici, c'est plus gai, je m'assoupis parfois quelques minutes, et puis je me réveille, ce sont des intermèdes qui me plaisent et me reposent ; vous avez raison de vous poser des questions, je suis très malade, en bout de course, mais voyez-vous, affronter la mort chasse la tristesse. Laissez-moi m'intéresser à vous, faites-moi ce cadeau ; quand l'avion a remué dans tous les sens, je me suis senti vaciller comme un arbre centenaire dont les racines cherchaient à remonter à la surface, j'ai pensé que peut-être je ne tiendrais pas jusqu'à la fin du voyage, mais je ne voulais pas faire faux bond avant de vous avoir revue ; je suis là, face à vous, prêt à engager un jeu de la vérité, dit-il malicieusement, laissez-moi découvrir qui vous êtes.

La vérité… Talitha regarde avec curiosité ce personnage à la fois frêle et énergique. Est-ce qu'il perd la tête ? Non, elle a confiance, elle admire son audace, elle est prête à jouer le jeu. Elle comprend que le temps est compté, qu'il n'est plus aux formules de convenance, qu'il y a urgence à être honnête. Anil dit qu'il a beaucoup trompé, triché, menti dans sa vie, que c'est une illusion d'imaginer qu'on peut échapper à soi-même à coups d'arrangements avec la vérité, que tôt ou tard il faut faire le point. A l'heure ultime, après un an passé à méditer dans un ashram, il en est certain, l'amour, le manque d'amour, la mort de l'amour, l'amour sous toutes ses formes, est le seul sujet qui nous intéresse. Mais il n'existe que si la sincérité est là. Elle l'écoute avec attention, visualise la sincérité comme un noyau doux et sensible pelotonné au cœur de la vérité, se concentre sur l'idée de la vérité, se représente les trous noirs comme des passerelles vers la lumière, s'évade dans la mémoire de l'enfance.

Elle ferme les yeux pendant qu'Anil lui raconte une histoire. L'histoire d'une femme qui revient de l'enfer, qui cherche sa place entre la douceur et la violence, erre sous la pluie légère qui se mêle aux larmes et les vents féroces qui provoquent les naufrages. Une femme contradictoire, qui balance comme un pendule entre la peur de l'abandon et la crainte de l'étouffement. Une femme imprévisible qui ne dit pas qu'elle se sent fragile, qui a envie qu'on la prenne dans les bras et caresse ses cheveux, mais disparaîtra le lendemain parce qu'elle a besoin d'être seule. Une femme qui a toujours peur d'être trop ou pas assez. Une femme qui danse sous le ciel et déploie ses ailes pour se sentir libre et soigner ses blessures.

Une drôle de buée virevolte sous les paupières de Talitha. Elle prononce un merci du bout des lèvres, se laisse bercer par les turbulences qui font écho aux fractures de son destin. Elles s'éloignent, reviennent, s'assagissent.

Marie Ange réapparaît, droite comme un I dans l'escalier qu'elle descend bravement, le sourire aux lèvres, les yeux vaguement gonflés, mais vifs comme l'argent, avec cependant une once à peine perceptible de gravité si on les observe de près. Elle s'est pomponnée, a regonflé ses cheveux, retrouvé sa bonne mine grâce à un blush rosé. Où est passé son chien ?

Et puis apparaît Leïla transfigurée par son voyage dans le cockpit, l'œil embrasé comme si elle renaissait dans le monde des humains après une expérience mystique.

Pendant une fraction de seconde, elle a eu le même regard que Saul, perçant et perdu en même temps. Anil s'est assoupi, la tête tournée vers le ciel, les paupières si enfoncées dans leurs orbites qu'elles semblent collées. Très doucement, Talitha fait basculer son siège vers l'arrière. Son souffle est régulier, mais on l'entend à peine.

Il règne dans le bar une sensation de calme suspendu, comme si la vie marquait une pause avant de reprendre son élan. Les turbulences se sont adoucies, mais on perçoit dans le ronronnement du moteur le son très discret des commandes en mode attente. Après avoir quitté le Pakistan, l'avion survole l'Inde. Une cacophonie d'arômes envahit Talitha, poussière, friture, encens, fleurs, curry, chaï masala, l'Inde des parfums forts, des bruits chaotiques, apaisants comme un silence, le seul pays où elle se sente protégée comme si un tout veillait sur elle.

La lumière est voilée, il fait moins cinquante degrés dehors, l'avion sent le brouillard, une odeur âcre et compacte qui survient en fin de vol, un mélange humain de respirations entremêlées, de faux lits défaits, de flux nonchalants arpentant les couloirs. Une intime sensualité s'est tissée à l'abri du vacarme du monde.

Talitha s'apprête à regagner sa place pour ranger son ordinateur.

Dans l'escalier elle croise Cheryl qui lui fait un clin d'œil. Jamais un voyage ne m'a paru aussi interminable, dit-elle.

25. Au bar

Un bruit fait sursauter Talitha. Un cri étouffé. Mais un cri tout de même. Un bruit qu'elle est la seule à entendre, qui n'a réveillé personne autour d'elle. Elle a peut-être rêvé.

Elle s'approche de l'escalier pour écouter de plus près. Se heurte à Marie Ange qui monte en toute hâte et clame qu'Anil a eu un malaise. J'ai crié pour l'empêcher de tourner de l'œil, mais il est en mauvais état.

Cheryl est penchée au-dessus d'Anil.

Sa tête a basculé en avant.

Il serre sa poitrine et son cou avec ses mains, du côté gauche. Les yeux fermés, la bouche entrouverte dans un rictus douloureux, il laisse échapper quelques râles qui sont peut-être des mots. Il respire avec difficulté, très lentement.

Marie Ange est de retour avec sa trousse de médicaments.

Cheryl s'accroupit auprès d'Anil, ouvre la boîte rouge de secours de l'avion qui est blanche ; de même que les boîtes noires sont orange, se dit Talitha en aparté.

Le steward barman allonge les deux fauteuils se faisant face. Talitha l'aide à y étendre Anil. Ses mains sont si froides qu'elle a peur que son cœur ait cessé de battre.

Cheryl confie la boîte rouge à Talitha, et se dirige en courant vers le cockpit.

Le commandant lance un appel au micro, réclame un médecin en urgence parmi les passagers.

Talitha prend la tension d'Anil. Qui est anormalement basse. Comme tout le personnel navigant, elle a un brevet de secouriste, rien de plus. Elle ne quitte pas Anil des yeux, ce qu'il reste d'Anil, une silhouette pas plus épaisse qu'une liane.

Marie Ange dit que le cœur est en train de lâcher. Elle révèle que le passager est atteint d'un cancer.

Se présente un petit homme très mince aux cheveux raides et noirs. Un Asiatique avec des lunettes et une sacoche. Un Japonais qui ne parle pas français. Dit quelques mots d'anglais. Il est cardiologue, fait signe à tout le monde de s'écarter. Il se penche vers Anil. Extirpe des ustensiles de sa sacoche.

Cheryl tire les rideaux pour isoler le bar. Elle occulte les hublots, la concentration est intense, l'ambiance crépusculaire. Les Hashtags sont immobiles et silencieuses.

Leïla s'approche du médecin, échange quelques mots avec lui. Les langues étrangères ont peu de secrets pour elle. Le Japonais fait des phrases très longues que Leïla résume en quelques mots. Forte baisse de la tension artérielle. Difficile d'entendre le cœur et les poumons dans le bruit des moteurs, même avec le stéthoscope. Le passager est en train de faire un infarctus. Il faut l'hospitaliser. Il fouille dans la boîte, dit qu'il va lui injecter de la morphine pour calmer la douleur. En petite quantité, vu son état.

Cheryl est de retour avec le commandant. Leïla dit qu'il faut atterrir. Il regarde la jeune fille d'un air mauvais, jusqu'à preuve du contraire, c'est lui qui dirige. En cas d'arrêt cardiaque, on utilisera le défibrillateur, ce sont les consignes du service médical à terre. A terre, c'est où ? demande Leïla. Singapour. Leïla traduit pour le Japonais. Qui est devenu un peu gris. Il n'est pas sûr que le patient tienne jusqu'à Singapour, encore moins qu'il résiste au choc électrique du défibrillateur. Il demande s'il existe une LifeVest à bord, un nouveau dispositif dont sont équipés les avions modernes, qui surveille en permanence les battements du cœur et sonne en cas d'anomalie. Leïla traduit. Le commandant pâlit, il a entendu parler de cette veste mais il n'a pas vérifié. Cheryl s'élance à nouveau vers le cockpit, actionne le signal d'entrée pour que le pilote ouvre, oui Saul a commandé une LifeVest avant le départ, c'est une sorte de brassière blanche dotée d'électrodes, elle est rangée dans le coffre à bagages du personnel navigant. Cheryl revient avec son trophée, le copilote a été prévoyant. C'est la moindre des choses, dit le commandant d'un ton cinglant. Le Japonais est rassuré. Il remplit la seringue de morphine, entreprend de déshabiller le malade, Talitha prend le relais, avec l'aide de Marie Ange. La peau sur les os, l'extrême fragilité, la piqûre intramusculaire dans des muscles qui n'existent plus, le toucher qui risque de blesser, enfiler très délicatement la brassière, comme s'il s'agissait d'un nouveau-né, un bras après l'autre, placer les électrodes sur le torse, Talitha se demande s'il n'est pas déjà mort.

Si le patient devient inconscient, traduit Leïla, les électrodes prennent le relais, délivrent un gel puis administrent des chocs électriques, jusqu'à cinq, à la demande.

Leïla s'éloigne à reculons, avec la souplesse d'un chat.

26. Cockpit

Le pilote automatique suit le plan de vol programmé, permettant de maintenir l'altitude imposée et la vitesse. Saul bascule en arrière dans son fauteuil et savoure sa tranquillité. Il rêve. D'un paradis sans enfer. Il fredonne la chanson *Imagine* de John Lennon. Il rêve. D'une vie en couleurs, aux lumières belles et chatoyantes, aux bruits doux comme le chant des sirènes, d'un monde où tout ce qu'il touche est soyeux sous les doigts, d'odeurs enivrantes qui lui font fermer les yeux, de frissons qui courent le long de sa peau, remontent jusqu'à sa nuque. Il rêve. D'un monde humain, engagé. Il rêve de se battre pour une cause. De sauver tous les gens qui ont mal. Il a une pensée pour le mort-vivant dans sa LifeVest. Le pilote mécanicien dit qu'il a une belle voix, c'est rare que les pilotes chantent. Il demande si c'est grave pour le passager malade. Un fond de tristesse balaie l'inspiration de Saul. Son cœur se remet à saigner. Il se perd dans un labyrinthe de pensées dont seul le diable connaît les secrets. Il envisage le retour du commandant avec appréhension.

Et s'il essayait ce nouvel analgésique en spray dont il a subtilisé un échantillon dans le bureau des infirmières qui jouxte celui de son médecin à l'hôpital ? Il me dit de me taire, moi sa voix bienveillante, qui lui suggère simplement de rester lui-même, de barrer la route à son double qui le nargue dans un rétroviseur invisible. Et puis, au fond, ça ressemble à des gouttes pour le nez, un geste banal, inoffensif. Une seule petite pression, le tour est joué. Rien de douloureux, il se sentira calme, absent, loin des démons, respectueux de son cap.

Leïla pénètre dans le cockpit, au moment précis où le pilote mécanicien en sort pour aller aux nouvelles. Saul sourit, il a compris qu'elle attendait le moment propice derrière la porte, pendant que tout le monde est rassemblé auprès du passager malade. Barroud sera furieux, mais il s'en fiche. D'ailleurs il se fiche de tout. Leïla s'assoit à sa place, lui occupe celle du commandant pendant son absence. Il la regarde d'un air entendu, il secoue la tête pour évacuer le vide qui s'insinue en lui. Il éprouve un vague état d'ébriété, comme s'il avait bu un verre, puis un verre de trop. Et il se répète la leçon qu'il connaît par cœur : il pourrait traverser les ténèbres, contempler le ciel les yeux fermés, il dompterait la machine du bout des doigts. Besoin de rien, être juste béat, linéaire, efficace, sans personne pour le juger. Si, Leïla, mais elle l'amuse, elle l'intrigue, elle est jolie, elle est si jeune, il se demande quel jeu elle va inventer. Il a presque envie de danser, tout comme les voyants lumineux du tableau de bord qui se livrent à une étrange sarabande, en avant en arrière sur le côté et ça recommence. Ou le plafond qui descend puis remonte.

Il se sent comme un enfant turbulent caché dans un corps d'adulte.

Il entend Leïla parler d'arrêt cardiaque. L'effet d'ivresse s'estompe, il se redresse, il ressent le besoin d'être un homme bien. Il pense à Talitha, à la mélancolie de ses yeux clairs, à l'élégance de sa démarche, il aimerait la prendre dans ses bras, partager des choses simples avec elle, il voudrait qu'elle l'admire.

Si on y réfléchit, déclare Leïla, ce n'est pas dans le cockpit que tous les voyants sont au rouge, c'est dans le bar. A force d'hésiter, d'atermoyer, de peser le pour, le contre et le milieu, le temps va passer et le vieil homme ne sera pas sauvé. On n'a pas le droit de juste attendre que la mort survienne sans avoir rien tenté. *Il faut changer de cap*, assène-t-elle, cinq mots bien détachés les uns des autres, qui résonnent comme un ordre. Elle lui fait penser à un personnage de série, l'héroïne de *Homeland* qui est détraquée mais brillante. Il se dit qu'elle a perdu la boule, le ciboulot, la raison, elle a un grain, elle est déglinguée, maboul. Leïla devine les mots qui se bousculent dans la tête de Saul. Ils finiront par s'effilocher, alors elle prendra la main.

Il soutient son regard et dit : c'est moi le pilote.

Leïla pense. Elle est sur terre pour faire du bien. Réconcilier les mémoires blessées. Rapprocher les dissidents écervelés. Décoder les mots obscurs, ainsi le langage de l'avion réservé à des initiés. L'obsession est ancrée dans sa nature, il lui est facile de se fixer sur une idée et de la suivre. Sa différence est une valeur ajoutée, pas un handicap, elle n'a aucun doute à ce sujet.

Récemment elle a découvert qu'elle a une conscience, après avoir passé un temps infini à comprendre le sens de ce mot, à le sortir de sa coque abstraite pour le ressentir à l'intérieur d'elle-même. Elle se sent solidaire de toutes les souffrances, c'est son devoir d'aider les autres, de les écouter, de leur rendre la vie douce. Elle n'imaginait pas que Talitha, dont la délicatesse lui a sauvé la vie au moment du décollage, dont l'aura séduit tous ceux qui l'entourent, puisse être dévastée par un amour mort. Ou que sous sa fière apparence, Marie Ange s'effondre pour un chien. Les gens ne sont pas ce que l'on croit. Elle pensait que, derrière les marques de l'âge avancé, le vieil homme était un roc ; quand elle l'a approché, il y avait une odeur étrange, celle de la vie qui s'enfuit, elle a pris peur.

Et puis il y a Saul, mais lui c'est autre chose, il est différent, comme elle, même si elle ne sait pas trop dans quelle catégorie le ranger. Elle a remarqué que les hommes sont plus naïfs que les femmes, ils restent longtemps des petits garçons en culotte courte qui traînent sur la route, ainsi son ami Quentin, qui a toujours des idées géniales, mais se complaît dans l'hésitation et se perd en chemin. Elle devine la même faiblesse chez Saul, mais perçoit aussi une intuition mécaniquement partagée entre elle et lui. Il manque de courage, parce qu'il ne croit pas en sa force intérieure. Elle aura de l'audace pour deux, il est professionnel, elle est téméraire et bien organisée dans sa tête. Et surtout elle a la certitude d'aller vers la lumière, ce qui est à la base de son plan, même si en réalité ce plan consiste à se diriger du ciel vers la terre.

Dans le poste de pilotage, l'espace exigu mais pas si petit que ça la rassure. La tension se relâche auprès de Saul, sa stature, l'uniforme, les galons, son air d'animal sauvage, qu'elle est en train d'apprivoiser. Elle se sent dans son élément, à sa place. Elle pourrait s'endormir.

Le premier problème à résoudre, c'est d'éloigner le commandant du cockpit. Il va falloir convaincre Saul. Le persuader que leur rôle à tous les deux est de venir en aide au vieil homme qui souffre, que l'hésitation est mauvaise conseillère. Le temps est compté. Le vieil homme est au bord de la mort. Le commandant ne va pas tarder à faire un scandale. L'esprit de Leïla vagabonde, les idées s'enclenchent, le compte à rebours s'engage. Elle a bien entendu le message de Saul, c'est lui le pilote. Comment faire en sorte qu'il se décide à agir ?

Saul n'a encore jamais été confronté à un mort dans sa carrière de pilote. La coutume consiste à cacher les morts jusqu'à l'atterrissage. On accouche en vol, mais pour les presque morts, on fait comment ? Il observe Leïla de côté, il essaie de penser vite, il est embarqué dans une aventure qui peut se révéler sinistre. Et c'est juste le jour où il se sent coupé en deux.

Leïla recommence avec son *changer de cap*. Il lui demande ce qu'elle a en tête. Il n'a pas besoin de regarder la carte, il sait parfaitement que l'avion est en train de survoler l'Inde. Leïla dit Chennai. Il encaisse Chennai. Il reprend en douce une petite giclée de spray, histoire d'apaiser les tremblements de sa poitrine. Il dit qu'il n'est pas question de se détourner du plan de vol.

Elle demande pourquoi les manches s'appellent des sidesticks. Il bredouille que les bâtons, les sticks en anglais… on les maniait de face… sont devenus des mini-manches. Le rouge lui monte au front, il a chaud, très chaud, il est enveloppé dans du coton. Les mots pilote responsable… sauver le vivant… résonnent dans sa tête. Il se sent lâche, la lâcheté s'évade, puis elle revient. Brouhaha dans le cockpit, le monde extérieur est loin. Il est seul dans le ciel, seul à décider, lui et son âme.

Il prend une profonde inspiration, frotte son visage avec ses mains, expire bruyamment comme s'il s'apprêtait à crier, son œil s'attarde sur la radio, il place le casque sur ses oreilles, il se règle sur la fréquence universelle d'émission de détresse, il décline l'indicatif du vol, il engage un dialogue avec l'aiguilleur de la tour de contrôle, évoque le passager en danger, demande un déroutement vers Chennai, le patient ne tiendra pas jusqu'à Singapour, le contrôleur répète l'indicatif du vol, programme avec Saul le pilote automatique, convient d'accélérer le Mach pour atterrir en une heure, une ambulance est commandée.

Il amorce la descente de l'avion. Il est envahi de sueurs froides. Il s'est fait passer pour le commandant. Il est en train de commettre une faute professionnelle. Il ne s'agit plus du destin d'un mort mais de celui d'un avion rempli de voyageurs innocents. Il est coupable, une brume épaisse s'agite devant ses yeux, clignote au rythme de la voix qui traverse le GPS, prend le son d'un corbeau, croasse : je suis prêt à mourir. On naît seul, on meurt seul aussi. Il est enfermé, il est un monstre. Il se hait, le bleu du ciel l'irrite, ses mâchoires se serrent, ses muscles se contractent, il se lève, il marche sur un champ de mines. Les démons lui chuchotent d'appuyer sur la gâchette. Il tire en arrière sur la manette des gaz, des balles soufflent au-dessus de sa tête. L'avion se met en crabe, se déplace latéralement dans la masse d'air. L'avion est un crabe. Ses yeux sont rivés sur le ciel noir. Il se frappe pour ressentir. Vivement qu'il disparaisse. Il sent la main de Leïla sur son bras, l'entend dire : j'ai vu comment ça marche, je prends le relais, des mots étranges qui arrivent jusqu'à lui et repartent en sens inverse. Il se met debout, ses jambes le lâchent, il s'écroule, il entrevoit une silhouette transparente, Leïla prend sa place, celle du commandant, non ce n'est pas possible, il tente de se relever. Elle hurle : ça suffit maintenant. Il essaie de ramper jusqu'à l'autre fauteuil. Il n'est plus qu'un corps gisant. Son cerveau s'éteint.

27. Cacophonie

Anil n'a pas repris connaissance, ses lèvres ont légèrement bleui. Marie Ange, accroupie à son côté, murmure des mots doux. Elle lui caresse la main et le bras comme le pelage d'un chat. Elle dit que la pensée s'est envolée, qu'il est enfin heureux sans réfléchir. Le Japonais s'engage dans un flux de paroles ponctué d'exclamations qui montent et qui descendent. Chaque inspiration semble être la dernière. La peau est translucide. Assise par terre à côté de Marie Ange, Talitha est fascinée par la sûreté de ses gestes. Elle se dit qu'ils ne sont pas si nombreux, les cœurs purs.

Un vertige la renvoie à sa propre vie, à cet amour fantôme qui ne servait à rien. Elle pense au malentendu qui règne entre les hommes et les femmes. A l'idée du couple, à ceux qui mélangent le besoin d'amour et l'amour. Elle ressent une immense gratitude envers Anil.

Le commandant et le médecin japonais parlementent à grand renfort de gestes et de mots anglais. Ils ont peur du silence.

Au moment où elle se demande où est passée Leïla, le micro du poste de pilotage se met à crachouiller des bruits indistincts. Et puis la voix s'affermit :

Je vous prie de bien vouloir m'écouter. Afin d'assurer la survie d'un passager gravement malade, nous allons dérouter l'avion, changer de cap et atterrir à Chennai en Inde. Il s'agit d'un atterrissage d'urgence pour raisons médicales. Les pilotes font appel à votre solidarité et vous remercient de votre compréhension.

Un silence de mort s'abat sur les mots de Leïla, sa voix résonne à nouveau, en anglais cette fois.

Le commandant se rue vers le cockpit.

L'avion tangue, tangue encore, brutalement,
descend, hésite, on dirait un requin qui remue la queue,
les à-coups sont violents,
une onde de panique se répand…

Un brouhaha s'élève du côté des passagers, certains tentent de pénétrer dans le bar. D'autres haussent le ton, prétendent qu'il s'agit d'un détournement criminel. Ils le savent, d'ailleurs le commandant ne se trouve pas dans le cockpit… Il est retenu en otage avec un faux malade dans le bar… La tempête enfle. Cheryl est livide, elle s'active, répartit les hôtesses sur les deux niveaux, disparaît. Elle lance un regard noir à Talitha.

Les Hashtags se sont rapprochées du petit groupe, elles manifestent leur soutien au courage du pilote, parlent de fraternité, de monde qui change.

L'avion tangue, tangue toujours plus.
On ne peut plus marcher.

Le steward crie d'attacher les ceintures.
L'avion descend par saccades,
des paliers qui forment des zigzags dans le ciel...

Talitha se remémore la voix lente et bizarre de Leïla, si elle a pris la parole c'est que Saul n'est pas en état de le faire ; le duo Saul-Leïla paraît surréaliste, une scène de film, pas la vraie vie. Talitha s'assoit, s'attache. Il règne un incroyable désordre, l'affolement gronde, Talitha ne s'est jamais sentie aussi calme. Elle écrit ses dernières lignes.

« Ce voyage a tenu ses promesses : je sais à peu près où je vais, les choses s'arrangent, tracent l'ébauche d'un sens dans mon existence. En silence et en écrivant, je suis devenue quelqu'un d'autre, une femme réconciliée avec sa sauvagerie. Le ciel a agi comme un révélateur de mon destin. Il sous-tendra le monde qui s'offre à moi, me tenant lieu d'emblème, de pilier, de passeur vers les étoiles. J'en suis là de mon présent. Il me reste la vie devant moi. »

Une inspiration brève, un temps très long sans rien, une expiration brève, un autre temps sans rien... un rythme *ante mortem*, un discret écho au ronronnement de l'avion, Anil mène sa danse funèbre.

28. Cockpit

Leïla a fait apparaître les manuels techniques sur l'écran devant elle, afin d'y suivre la trajectoire programmée par Saul sur le pilote automatique. Elle les a déchiffrés sans difficulté, elle a l'habitude de ce genre d'écrits. Pour l'instant, elle n'a rien de spécial à faire, la route est tracée et enregistrée. Et elle a trouvé un fichier d'indications spécifiques à l'A380 dans l'ordinateur de Talitha. Elle s'est connectée par radio au contrôleur qui donne des instructions, en précisant l'indicatif du vol, et en maquillant légèrement sa voix dont elle a accentué la gravité du timbre. Tout va bien, s'est-elle bornée à préciser. La météo est excellente, elle a de la chance. En cas de difficulté, elle pourra demander un atterrissage de précision de classe ILS. C'est l'ultime information que lui a communiquée Saul avant de perdre la tête.

Elle n'en mène pas large, elle est en train de vivre les derniers instants de calme avant la tempête. Elle a vraiment potassé la théorie, appris la phraséologie du pilote, possède un bon sens de l'orientation, ne se sent pas perdue dans l'espace, mais elle va devoir gérer la descente par paliers. Elle se penche vers Saul qui est allongé dans une position tordue, la tête appuyée contre le pylône, le corps au sol en chien de fusil. On dirait qu'il est cassé. Il n'y a pas beaucoup de place pour être allongé dans un cockpit. Elle essaie de redresser sa tête, il émet un vague grognement, il n'est pas encore prêt, mais il va sortir de sa torpeur, c'est sûr, il fait très chaud, elle voit son visage à elle dans le petit miroir d'angle, elle a le teint gris, ses cheveux sont collés contre son front, elle caresse la joue de Saul, il est toujours vivant, elle regarde les manettes des gaz sur le pylône au-dessus de la tête de Saul, le temps passe, elle ressent des frissons dans le dos, au niveau des omoplates, les moteurs ronronnent, le point lumineux avance lentement sur l'écran, c'est l'avion qui poursuit sa trajectoire, on dirait qu'il est assis sur les nuages, elle voit la violence du ciel bleu, elle regarde sa montre, elle se donne un quart d'heure.

Elle se lève et va fouiller dans les poches de la veste de Saul, elle lit la notice explicative de son antidépresseur à la kétamine, ou plutôt elle essaie, c'est comme tous les modes d'emploi, ils n'en viennent jamais au fait. Elle trouve enfin quelques lignes sur les effets secondaires, somnolence et troubles dissociatifs sont fréquents et disparaissent rapidement. Elle est soulagée. Mais elle manque d'audace, elle n'ose pas s'y mettre, elle donne raison à ceux qui diraient qu'elle est folle, qu'on ne pilote pas un avion à quinze ans, que c'est invraisemblable. Elle laisse sa chance à Saul, encore quelques minutes.

Elle ne s'est jamais reconnue dans les diagnostics des spécialistes qui pensent à sa place. C'est pourquoi elle ne perd pas son temps à s'interroger sur l'étrangeté de Saul. Elle a juste compris qu'il lui arrive de perdre sa lucidité, de se retrouver comme une épave, mais qu'il ressort pimpant de ses disparitions. Ce qu'ils sont tous les deux seuls à savoir, dans le secret de ce cockpit, c'est qu'ils naviguent en équipe sous le même ciel, comme des sentinelles d'un certain genre. Sa différence a fait d'elle une guerrière affranchie de la peur de l'inconnu, qui cherche à rassembler les brebis perdues. Ils sont des alliés solidaires. Peu conformes mais responsables. En dépit des apparences. Il faut aider les autres, elle se répète cette phrase comme un mantra.

Il est temps. Elle s'assoit sur le fauteuil du commandant, se penche en avant pour se concentrer sur l'écran et dirige sa main droite vers la manette des gaz.

Alors il y a ce bruit fracassant,
la bête se met à se cabrer,
monter, descendre, hoqueter, rugir,
alterner le plat et les pics.
Une sinusoïde hystérique sur l'écran,
Branle-bas fou, indomptable, bruit de métal.
L'avion descend, oui, mais vite, beaucoup trop vite.

Leïla n'a touché à rien, aucune commande, aucun bouton. Elle repousse ses cheveux, regarde sa main qui n'a pas encore atteint la manette des gaz, croise le regard de Saul assis sur son fauteuil.

Le commandant sonne, il s'agite sur la vidéo, hurle, tambourine contre la porte blindée. Elle coupe le son.

Le petit point lumineux recommence à se faufiler parmi d'autres points lumineux sur l'écran. Saul est en place, assis dans son fauteuil de copilote, il a les cheveux en bataille, la barbe naissante, la chemise chiffonnée, mais c'est moi le pilote, dit-il à nouveau. Leïla comprend qu'il a actionné les manettes dans son dos pour la mettre à l'épreuve. Parce qu'il est comme ça. Insoumis. Elle sourit.

Le commandant continue de hurler comme dans un film muet. Au moment où Leïla s'apprête à appuyer sur le bouton pour ouvrir la porte, Saul se lève, redresse sa haute silhouette avec l'assurance de celui qui vient de choisir la vie contre la mort, prend la place de gauche d'où s'extrait Leïla et se met aux commandes en même temps qu'il envoie l'indicatif de vol et engage un dialogue avec le contrôleur.

Leïla lance un *welcome back* à Saul, se dit en son for intérieur que grâce au ciel elle a su rester claire dans une situation nébuleuse, mais n'est pas sûre que ces mots aient une signification universelle.

Elle se glisse furtivement en dehors du cockpit quand le commandant y pénètre en hurlant. Elle a juste le temps d'entendre Saul lui demander de baisser le ton et dire calmement : on n'est pas dans une caserne ici, approche imminente, à vous de prendre le manche. Ce que Barroud ne voit pas, mais que Leïla devine, ce sont les voix qui grimpent sur les sidesticks, sautillent, rampent et jouent à cache-cache, tandis que l'une d'entre elles est assise sur la tête du commandant, lui tire l'oreille alors qu'il s'apprête à s'énerver, et du coup il se tait.

Le commandant reste hébété en même temps qu'il redresse légèrement l'avion et réduit les gaz, avant d'accompagner la retombée du nez tout en déployant les aérofreins, puis de faire sortir le train d'atterrissage. Saul et Leïla, qui est en train de refermer la porte, échangent un regard de connivence. L'avion gronde de plus en plus fort et continue sa descente.

29. Femme volante

Anil est mort discrètement quand l'avion a atterri sur le tarmac de Chennai. Dans un vacarme assourdissant. Marie Ange lui tenait une main, Talitha l'autre. Elles étaient adossées l'une contre l'autre pour garder l'équilibre. Il a pris une inspiration, rapide comme une saccade. Elle est restée en suspens, il a gardé pour lui la bouffée d'air minuscule. Ses yeux ne se sont pas ouverts. Sa peau est restée diaphane, ses lèvres ont blanchi, son expression est devenue plus légère, comme si son cœur avait fini de se briser. Il avait l'air d'un saint dans sa brassière blanche. Talitha frissonna : il lui vint à l'idée qu'un cœur qui se brise est un cœur qui ne bat plus. Aucun bruit n'accompagne un cœur qui se brise. Un verre se casse avec un bruit sec, un corps tombe dans un bruit mat, une feuille qui se déchire fait un bruit aigu ; un cœur qui se brise reste muet, tandis qu'un chaos glacial se disperse sournoisement à l'intérieur des os. Il n'existe pas de son pour une telle dévastation.

La drôle de famille soudée autour d'Anil a les yeux humides et le cœur gros. Marie Ange porte son Baby bien serré dans les bras. Saul, qui a laissé le commandant s'occuper de l'atterrissage, se tient debout à côté de la civière sur laquelle repose Anil. Il est droit comme le dieu Hermès, protecteur des voyageurs, tandis que Leïla, en retrait, se blottit dans l'ombre parce que la lumière n'est pas son élément.

Talitha éprouve une immense tendresse pour ses compagnons de voyage, pour l'extravagante parenthèse qu'ils ont partagée, et qui va s'arrêter là. Les ombres de son rêve de crash planent tel un oiseau de proie au-dessus de ce tsunami, elle n'a plus peur, elle s'attendait à ce que survienne un événement dans cette traversée singulière. L'étrange avait été d'avancer à tâtons dans l'obscurité, de ne pas savoir où elle allait, de rester prisonnière d'un rêve d'enfance, de s'engager dans une histoire d'amour illusoire, de s'habituer à l'inquiétude. Peu à peu s'est dessiné quelque chose, une esquisse de sérénité, un pan de lumière a traversé les apparences.

L'avion roule, s'arrête, les hôtesses s'activent, l'ambulance est au bas de l'échelle, toutes lumières clignotantes, c'est trop tard mais c'est mieux que rien. Les urgentistes emmènent le corps d'Anil. Le commandant signe les papiers administratifs, le chef d'aéroport le félicite pour son sang-froid.

Talitha s'engage à la suite d'Anil sur la passerelle, il est sage sur son lit d'adieu, beau comme un homme sans âge, il n'a pas tout à fait atteint son ashram mais il lui a passé le relais, lui a montré le chemin. Elle se retourne vers l'avion qui va repartir pour Singapour et sourit. Son esprit danse déjà vers les femmes en saris multicolores, vers les parfums au goût de mangues mûres, vers le brouhaha de l'Inde qui lui chuchote son destin.

Elle n'a pas de bagage en soute, son visa est en règle, elle est une nomade sans attaches. Une femme volante tombée du ciel.

Composition et mise en pages
Nord Compo à Villeneuve-d'Ascq

MIXTE
Papier
FSC FSC® C003309

Achevé d'imprimer en août 2020
par Normandie Roto Impression s.a.s.
61250 Lonrai
N° d'impression : 2003203

Imprimé en France